BÉRURIER PRÉSIDENT !

Patrice Dard

LES NOUVELLES AVENTURES DE
SAN-ANTONIO

Bérurier président !

Fayard

Couverture : Design by Fred Greneron ;
illustration : François Boucq ; photo : Sylvain Muscio

Dépôt légal : 2012

ISBN : 978-2-213-66828-4

À toutes celles et ceusses
qui auront voté pour moi
ou qui se seront abstiendus.

Alexandre-Benoît Bérurier

« Moi je n'ai rien à cacher à mon fils,
c'est mon confident, je suis capable de lui dire
les choses les plus pétaradantes.
Je crois que c'est le seul homme
à qui je pourrais tout dire, même si j'avais
des choses graves à révéler, je les lui dirais.
Et je pense qu'il en est de même pour lui. »

Frédéric Dard

Propos recueillis par Francis Gillery
et François Rivière dans leur ouvrage
Je me suis raconté des histoires très tôt,
Éditions Fleuve Noir, 2011

Avis aux amateurs

Il y a dix ans paraissait
Les Contrepets de San-Antonio,
un recueil de contrepèteries originales.
Une impérieuse envie de contrepéter
m'a soudainement repris.
Histoire d'égayer l'atmosphère
plutôt chagrine de cette année électorale,
je t'en ai tiré une seconde bordée.
Tu trouveras ces nouvelles énigmes
verbales et leurs solutions – lisibles
à l'envers, pour épargner les yeux chastes –
en tête des chapitres.

San-Antonio

Flash forward

Petite projection dans le futur

1

La scène que tu vas avoir l'honneur et le privilège de découvrir ci-dessous en exclusivité mondiale raconte des événements certes cocasses, mais qui ne se sont pas encore produits ! Ils sont pourtant inéluctables et adviendront en leur temps. D'ici là, il aura coulé pas mal d'encre…

… et davantage de sang.

L'inspecteur honoraire Pinaud nage dans son costard de mariage. Au fil des ans et des flots de muscadet, la Vieillasse aurait pu se choper une barrique de comptoir, à l'instar de Béru. Mais il donne dans la dessiccation plutôt que dans l'imbibition.

Après un demi-siècle passé à l'antimite dans une housse, le complet s'est joliment feutré et ses revers ont pris une moire qui lui confère des allures de smoking. Il a donc fière allure, notre César tant aimé, avec son nœud papillon à pois et la chemise immaculée dont le col empesé cerne sans le frôler son cou de cigogneau crevé dans l'œuf.

En tête à tête avec le miroir, il se considère, l'œil complaisant quoique chassieux.

– Je fais un acceptable duc d'Édimbourg, s'apprécie-t-il.

– J'sais pas si le duc des Daims bourre, se gondole le Mastard, n'en tout cas, toi, Pinuche, t'es flambard comme une bite fraîche !

– Tu devrais surveiller ton langage, Alexandre, voyons, dans ta situation ! réprimande Alfred le coiffeur, promu maître de cérémonie pour la circonstance.

– T'as raison, le Merlan, concède Béru, faut que je contrôlasse mieux les propos de mes paroles… dans ma situation.

À son tour de s'évaluer en se plantant devant la glace du salon de coiffure où se déroule la répétition générale. Crions-le haut et fort : jamais depuis sa première toilette post-partum à la maternité, Alexandre-Benoît Bérurier ne s'est trouvé aussi frais et propret qu'aujourd'hui !

Douché du matin, aspergé de patchouli, rasé au cordeau, la tignasse domptée, il arbore l'habit officiel des présidents de la République française, version de Gaulle ou Pompidou, avec l'écharpe rouge en travers de la bedaine et une réplique du grand collier de la Légion d'honneur autour du goître.

– Y a pas d'doute, ça en jette ! fait-il, se rengorgeant. Et les gonzesses, qu'est-ce qu'elles branlent ?

– On ne dit pas les gonzesses, mais ces dames ! le reprend Alfred.

– Ça me dit pas c'qu'elles maquillent ! Berthie ? Où qu't'es, ma colombine ?

– J'suis là, mon colombin.

Entrée de la Gravosse, venant des appartements privés du pommadin. Elle s'est mise sur son 93, la baleine – il faut bien trois élégantes sur leur 31 pour lui arriver à la cheville. Elle porte une longue robe froufroutante et satinée dans les tons mordorés évoquant la feuille d'érable en fin d'été indien et la merde de chien tartinée sous ta semelle. Son large galurin nanti d'une voilette ressemble à un casque d'apicultrice dépenaillé.

Berthe s'efface (ce qui n'est pas une mince affaire) pour livrer passage à Geneviève-Marthe Pinaud, épouse légitime et cacochyme du vénérable Débris. La douairière s'avance d'un pas hésitant, aussi décharnée qu'un porte-bouteille, dans un tailleur de velours pourpre, une couronne de carton doré fichée sur la permanente.

– Comme on avait pas de bitos assorti à sa nippe, explique la Mafflue, j'y ai cloqué une couronne des Rois.

– T'as pas briffé la galette, au moins ? s'inquiète l'Enflure.

– Juste une petite part.

– À d'autres ! J'te connais...

– Une grosse petite part, mais je t'ai laissé la fève.

– Bon, assez discuté ! intervient Alfred, il faut qu'on répète. Monsieur et Madame Pinaud, venez vous placer entre ces deux casques-séchoirs. Ils figureront votre garde royale. Un peu plus à droite... Reculez d'un pas... Voilà, c'est parfait.

– Ho, le shampouineur, rouscaille Béru, tu t'prendrais pas pour Roman Paul-enski ?

– T'es marrant, toi ! Il faut bien que quelqu'un attrape les choses en mains !

Débrouille-toi seul, si tu veux ! Après, faudra pas venir peurnicher si tout foire lamentablement !

Alexandre sort les aérofreins :

– Non, non, j'blaguais, vas-y…

– Bien ! Alors, nous sommes à la cour d'Angleterre. Sa Majesté Elizabeth II et Son Altesse Philippe reçoivent le président Alexandre-Benoît Bérurier et la première dame de France.

– C'est moi ! jubile la Grosse Bertha.

– L'événement est incontournable ! poursuit l'ordonnateur en chef. Le monde entier juge la France à la manière dont l'épouse du chef d'État effectue sa révérence devant la souveraine britannique. Madame Sarkozy, en son temps, avait marqué des points. Or, ce que Carla a accompli, Berthe peut également le réussir, même si elles ne répondent pas tout à fait aux mêmes mensurations.

– C'est pas une question d'menstruations, mais de classe, et la classe, ma rombière la possède à l'état pur.

– Sans doute, mais l'entraînement est primordial. Carla a répété cent fois, mille fois la gestuelle pour atteindre à la perfection. Allez, je mets la caméra en route.

Première prise. On y va ! Moteur ! Berthe, c'est à toi...

Soudainement crispée, la Bérurière marche à pas raides en direction de la Queen Pinuche, hésite un brin, puis se décide à ployer les rotules. Un craquement sec retentit, suivi d'un second, plus long et grasseyant.

– Merde, j'ai louffé ! déplore la Mastarde en se redressant.

– Pas grave ! la console son époux. Les vioques ont les feuilles fanées, ils esgourdent que dalle.

– Mais ils ont les naseaux sensibles, et çui-là... je crois qu'il fait pas cadeau.

Béru palpite des narines, hoche du groin.

– Ah ouais, quand même ! On reconnaît bien le cassoulet de midi. Remarque, ça m'surprendrait qu'on becte du cassoulet à Buckingegam...

– Tu galèjes ? objecte Alfred. Là-bas, on mange des *beans* dès le breakfast.

– Des fayots au petit-dèje ? Tiens donc : ils sont moins sauvages que j'croyais, les Rosbifs !

Le pommadin frappe dans ses mains.

– On y retourne. Deuxième essai ! C'est parti…

Berthe s'avance d'un pas ragaillardi vers la souveraine bidon. Sa révérence est franche, non dépourvue d'une certaine grâsse. Le craquement est cette fois sinistre, interminable. La robe de la Mastarde vient d'exploser au niveau des hanches, dévoilant un porte-jarretelles salace et son gros derche capitonné au centre duquel un tortillon de string s'engouffre inexorablement.

– C'est fini pour aujourd'hui, soupire le coiffeur en coupant sa bécane.

– On remettra ça plus tard, plaide Alexandre. Berthie choisira une robe moins serrée, elle s'entraînera encore. On a du temps d'vant nous.

– Le grand jour arrivera plus vite que tu le penses.

– Et pis d'abord, j'sus pas encore élu ! grommelle Béru, tripotant la pendeloque légionnaire de son cou. Faut pas vend' la peau de mes couilles avant d'les avoir palpées !

– C'est comme si c'était fait, proteste Alfred. Les sondages te créditent de 58 % d'intentions de vote au second tour !

– Les sondages, les sondages, on leur fait dire c'qu'on veut, aux sondages !

– Ah non, pas toi ! Tu ne vas pas te mettre aussi à la langue de bois ! C'est un coup à filer des échardes à la chatte de Berthe.

– T'as peur de les retrouver sur ta bite ?

– Je te permets pas ce genre d'allusions !

– Je me permets les alluvions qu'je veux !

– Tu te prends déjà pour le président de la République ?

– Pour un inspecteur principal, simplement !

– Ça tombe bien : j'ai besoin d'un flic, pas d'un candidat aux présidentielles ! lance depuis l'entrée une voix que je connais bien, puisqu'il s'agit de la mienne.

– Tonio ! Je t'ai pas entendu arriver. Y a un problème ?

Livre premier

Retour au jour d'aujourd'hui

2

– Contrepet 1 –

Le sidi s'est fait casser le péroné
à coups de botte

Solution chapitre trois

La beigne a claqué sec. Une gouttelette de sang vient étoiler le feuillet sur lequel je crayonne machinalement le portrait du gardé à vue. J'éponge la bavure d'hémoglobine d'une oscillation de mon tampon-buvard en acajou massif, cadeau chiné par ma brave femme de mère à la brocante de Saint-Cloud.

Une seconde baffe retentit, plus formidable que la première, mais assénée sur l'occiput et non contre l'arcade.

– Tu pourrais faire gaffe où ce que tu gicles ton raisiné ! gronde l'organe béruréen. T'as failli tacher la manche du commissaire.

– Excusez-moi pour la bavure, Chef ! gouaille le prévenu, pas déstabilisé d'un iota.

Je l'observe en tapis noir (selon l'orthographe du Gravos), accentue sur mon croquis la cicatrice boursouflée qui sillonne sa joue droite. Tout, en cet individu, suinte la haine et la cruauté. Crois-moi, on n'a pas affaire à une lavette. Les taquets d'Alexandre auraient presque tendance à le détendre, comme s'il s'adonnait à sa séance de yoga quotidienne.

D'un cillement, j'indique au Mastard de clore le registre des torgnoles. Il semble agréer ma muette recommandation et frictionne, pensif, ses paumes vermillonnées par la décoction de mandales. Le truand l'observe d'un œil charbonneux, fugitivement humanisé d'un reflet goguenard. De ses pognes menottées il réordonne sa chevelure poivre et sel peignée à l'embusquée et tartinée de gel fixant. Pas un geste pour éponger son arcade saignante, traitée par le mépris.

– Vous pouvez continuer à cogner, grince-t-il, ça me rappelle ma jeunesse :

j'ai fait six ans de boxe. Vous dire que c'est pas sous les pichenettes de cette grosse lope que je vais m'affaler !

Le Rubicond aspire une grosse goulée d'air avant de me prendre à témoin :

– Y m'cherche, non ?

– Oui, mais il ne va pas te trouver, répliqué-je. Tu n'es pas assez ballot pour tomber dans des provocations de cour de récré ! Tiens, l'heure du dîner approche, va nous chercher des casse-dalle chez Maumau. Pour moi, ça sera un jambon-beurre, avec beaucoup de cornichons.

Je m'adresse à notre client :

– Un sandwich, ça vous dirait ?

– Si votre gorille me laisse quelques dents pour le croquer, pourquoi pas ?

La perspective d'un viron à l'annexe, avec une rafale de pastagas à la clé, restaure le moral de la Gonfle.

– Et pour Monseigneur, ça sera ?

– Jambon-beurre aussi, répond le malfrat.

– Tu bouffes du cochon, Mustapha ? s'étonne Béru. C'est pas casher, pourtant !

– On dit halal, mais vous n'êtes pas à une bourde près, Chef.

– Brèfle, j'constate qu'même comme musulman t'es hors des clous !

– Ma mère est italienne et j'ai pas connu mon père algérien, rétorque le zigue piqué au vif. J'ai jamais foutu les pieds dans une mosquée.

– Sauf pour chourer les tapis et les revendre à la sauvette !

Sa Majesté s'esbigne du burlingue, fier de sa boutade.

– Il est toujours aussi lourdingue, votre sergent Garcia, Commissaire ?

Le temps est venu de montrer qui est Zorro, non ?

Je me lève, vais punaiser mon esquisse du gangster au paper-board.

– Tu viens de me donner une idée, un bon sujet de western, dis-je, passant soudain au tutoiement.

Sous le portrait, je griffonne au feutre noir :

WANTED
20 000 EUROS

– Je fais placarder cette affichette dans tous les quartiers chauds de

Paris, ça pourrait éveiller des vocations, non ?

L'Italo-Algérien ne voit pas trop où je veux en venir, mais je le sens enfin préoccupé. Il persiste cependant sur le ton de la raillerie :

– Dans la Rousse, vous avez déjà du mal à renouveler votre parc d'estafettes pourries, c'est pas pour carmer des rançons de nababs. Surtout en échange d'un mec qu'est déjà en cabane.

Mon sourire obstiné le déconcerte. Je constate un trémoussement de sa pomme d'Adam. Je prends le temps de retourner me vautrer dans mon fauteuil.

– Je vois que tu ne m'as pas suivi, Mustapha, dis-je, doucereux. La presse ignore encore qu'on t'a gaulé. Alors, je te libère en doucedoc et je fais courir le bruit que tu es en cavale avec trois millions d'euros cash. Plus que la récompense, c'est ce prétendu magot qui va attiser les convoitises. Je connais au moins cent charognards qui vont se lancer à tes trousses.

– Je suis de taille à me défendre contre ces demi-sel.

– Sur la meute, il y en aura toujours un plus mariolle que les autres pour te faire la peau, je te jure !

– J'accepte de prendre le risque.

– Sans un picaillon en fouille, tu n'as aucune chance de survie.

Il affiche la moue contrite d'un type résigné au pire. Je lui renvoie la même mimique :

– Je sais exactement ce que tu moulines dans ta petite cervelle de fumier. Tu te dis que je suis un vrai cave, si je te pense démuni de fric ; que, pour toi, le pèze, c'est pas vraiment un souci… Eh bien détrompe-toi !

Je glisse la main sous mon bureau et en dégage un sac de sport bleu à bandes blanches que je jette aux pieds de Mustapha. Tu verrais sa gueule se convulser ! Son regard part en déliquescence comme un œuf en gelée oublié à midi sur le guéridon d'un troquet de Tripoli.

– Ton pognon, c'est nous qu'on l'a, mon pote ! rigolé-je de bon cœur, respectant scrupuleusement la syntaxe selon Béru.

S'il en avait le loisir, Mustapha me ferait volontiers rissoler les amourettes avec des petits oignons et une pincée de poivre de Cayenne.

– Quand ils t'ont alpagué, ajouté-je, le commissaire Blanc et le capitaine San-Antonio avaient déjà déniché ton carbure dans l'arrière-boutique que tu loues sous un faux blaze rue de Chambéry, dans le quinzième. Tu vois qu'à la Grande Cabane, si nos fourgonnettes sont H.S., nos infos tiennent la route !

Le dur hausse ses musculeuses épaules.

– Je suis baisé, je suis baisé, dit-il, fataliste. Vous attendez quoi ? Que je pisse dans mon froc et que je me roule par terre ? Le Mur des lamentations donne pas sur mon jardin. Que vous ayez ratissé mon oseille ne change rien à la donne : je ne sais rien, je n'ai donc rien à dire sur rien !

Je me dresse subitement et vais tirer un penalty dans le sac de flouze qui vole à travers la pièce. Une flopée de liasses se répand sur la moquette. J'arpente le burlingue, piétinant délibérément les talbins.

– Cette petite fortune, tu vas me dire que c'est ton bas de laine ?

– Toute une vie de labeur, Commissaire !

– T'as pourtant pas tellement cotisé à la Sécu, toi.

– Non, mais je fais plein de petits boulots stables : je vends du muguet le Premier mai, des fanions le Quatorze juillet, des cocardes le Onze novembre, et des lunettes solaires les jours d'éclipse, ça rapporte bien.

– En fait, t'es un marrant ! susurré-je.

Je m'accroupis pour renfourner l'argent dans la sacoche.

– Dommage que tu sois un braqueur, un casseur et un assassin, parce qu'on aurait presque pu sympathiser.

Je bourre les biftons en vrac, boucle la fermure éclair avant de remiser le trésor dans une armoire pourvue d'une serrure à code secret.

– Bon, puisque tu n'es pas disposé à parler, continué-je, moi je vais le faire.

Je dégage une épaisse chemise cartonnée de mon tiroir, la balance sur le plan de travail.

– Ton vrai blaze, c'est Dino Ras el Hattouf, mais Mustapha, un nom de pacha, ça fait plus classe. Depuis deux semaines, on avait l'œil sur toi, suite à des rumeurs qui circulaient.

– Vous en êtes encore à écouter les cancans, Commissaire ?

– Quand la vox populi annonce que tu t'apprêtes à monter sur un gros coup, c'est pas du commérage, mais de la prophétie. Alors on a mis le paquet : une demi-douzaine d'hommes se sont relayés à tes basques. Tous s'accordent à dire que t'es un vrai cador pour ce qui est de semer les poulets. Ils t'ont paumé à cinq reprises. Par chance, on avait réussi à loger ta planque de la rue de Chambéry sans que tu t'en aperçoives, et c'est là qu'on t'a récupéré à chaque coup.

Je marque une pause pour laisser le zigoto accuser les coups bas que je commence à lui infliger.

– On sait que tu as perpétré ton casse il y a quarante-huit heures, reprends-je, parce que, la veille, le magot ne se trouvait pas dans ton repaire, et que le lendemain il y était.

Mustapha s'astreint à l'impassibilité, mais ses tempes emperlées trahissent un certain mal-être.

– Rassure-toi, je ne vais pas te demander de balancer tes deux complices : on les a identifiés. Il s'agit de Pierrot Gourmet, dit La Canéda, vu qu'il est né à Sarlat, et d'un certain Hassim ou Hossin, fraîchement débarqué du Maghreb, on nage encore un peu.

– Jamais entendu parler, proclame le truand. Ni de l'un, ni de l'autre.

– Alors un conseil, ne t'attache pas à eux, t'en serais pour tes frais.

Je sors de mon dossier la photo d'une carcasse de voiture carbonisée et la lui fiche sous le blair :

– Tu vois cette bagnole ? Eh bien, ces gus étaient dedans, avant-hier dans la nuit, sur une route départementale des Yvelines. Normalement, ils auraient dû cramer avec, mais un courageux automobiliste a réussi à les dégager au péril de sa vie, comme il est écrit dans le *Courrier de Mantes*.

J'extirpe deux nouveaux clichés fournis par les services de l'Identité judiciaire, portaits de deux individus tellement trépassés qu'on se demande s'ils ont un jour vécu.

– L'acte d'héroïsme aura malheureusement été vain, car les passagers de la guinde en flammes étaient déjà morts. Plombés chacun d'une balle en plein front, figure-toi.

Ras el Hattouf peine à avaler sa salive :

– En quoi ça me concerne ? marmonne-t-il.

– Il arrive souvent que les assassinats concernent celui qui tenait le flingue...

– Vous n'allez pas essayer de me faire porter le chapeau ?

– Oh, moi, non ! Ça sera le boulot de la police scientifique et des experts en balistique. Pour ma part, je n'ai qu'une question à te poser, une seule, et je verrai ce que je peux faire pour toi.

– Posez-la toujours, et je verrai si je peux y répondre.

Cette fois, je dois plonger. J'articule bien la fameuse question, tant elle est saugrenue :

– Je veux savoir *où* a eu lieu le casse.

– Vous vous payez ma poire ?

– Pas le moins du monde. On a compté les billets du sac. On sait que tu as engourdi près de trois millions, sans doute ta part, plus celles des deux complices que tu as liquidés. Mais on ignore où le fric-frac a été commis. Rien n'a été signalé, personne n'a déposé plainte. Il s'agit pourtant d'une somme rondelette.

Le faciès de Mustapha exprime soudain un sentiment d'espoir.

– Et ce silence vous intrigue ? énonce-t-il, davantage pour lui-même qu'à mon intention. Je comprends mieux l'interrogatoire musclé mais évasif de votre gros con de collègue. Vous n'espériez pas apprendre avec qui j'aurais agi, mais où, et sans avoir à me poser directement la question. (Il marque un temps.) Or, vous avez été obligé de me la poser, et ça change tout. Vous avez besoin de moi. Je demande la nuit pour réfléchir, il paraît qu'elle porte conseil.

– Accordé ! Mais ne crois pas posséder une grosse marge de négociation. Nous sommes ici quai des Orfèvres, pas au *New York Police Department*.

Sur ce, le gars Béru s'en revient, les bras chargés de victuailles, des prémices de biture dans la démarche.

– Tiens, Grand, v'là ton Paris-beurre ! Pour mon usage privatif, mate un peu, Maumau m'a confessionné un en-cas de derrière les fayots : une baguette entière avec merguez, méchoui, semoule, harissa et des pois chiches pour alléger. Vu qu'j'avais un p'tit creux en grimpant l'escadrin, j'ai briffé l'casse-dalle à Mustapha. Faut lui apprendre le ramadan, à ce malcréant !

– Et pour faciliter son jeûne et sa méditation, tu vas me le cloquer au placard.

– Après qu'j'aye bouffé, quand même ?

– Avant ! Tu n'en apprécieras que mieux ta pitance.

– Au fond, t'as raison ! Un sandouiche de l'acabite de la mienne, ça s'déguste pas à la sauvette !

Le Gravos dépose ses denrées, agrafe Mustapha par un brandillon.

– Allez, viens, Ben Ducon ! Avant d't'endormir, tu m'réciteras un n'avé, mais pas d'pâté, c'est contraire à ta religion !

Alors que le tandem s'évacue, mon bigophone zonzonne. L'humeur maussade, je décroche, crachote un « allô » dissuasif à toute velléité de causerie.

– San-Antonio ?

– Lui-même…

– Vous reconnaissez ma voix ?

Plus qu'à son organe aux inflexions passe-partout, j'identifie mon locuteur grâce au numéro affiché.

– Certainement… Monsieur le Ministre.

– Appelez-moi Claude, vous le méritez.

– Merci, Monsieur… Que puis-je pour vous ?

– C'est l'un de mes anciens collègues qui a besoin de vos services : Gilbert Landoff.

Difficile de ne pas manifester ma surprise :

– Je pensais que ce personnage n'était guère en odeur de sainteté depuis qu'il a quitté le gouvernement et qu'il affiche ses ambitions présidentielles.

Le ton de mon supérieur se fait solennel :

– Par sa gravité, l'affaire en question nous contraint à mettre en sommeil nos dissensions partisanes. Gilbert vous attend en bas, dans la cour du 36, au volant de sa voiture. Je souhaite que vous témoigniez en l'occurrence de la plus grande efficacité ! Je dirai même que je l'exige…

3

– Solution contrepet 1 –

etib ed spuoc à eénirép
el ressac tiaf tse's odos eL

Je cherche du regard une opulente berline, c'est une modeste Clio qui me fait de l'œil : un appel de phares furtif. La tire est stationnée à droite dans la cour, juste sur le flanc de mon XC 60 Volvo. Le projo scellé sous la fenêtre des Archives dispense un halo suffisant pour que je distingue deux silhouettes à l'avant du véhicule. Quelques enjambées, et je coule ma carcasse sur la banquette arrière.

Installé à la place du mort, l'ex-ministre affiche une mine sinistre. Il me tend une main molle que je secoue comme un bambin agite son hochet :

– Commissaire San-Antonio ! me présenté-je.

– Merci d'avoir fait vite ! halète-t-il, en proie à ce que ma doulce Félicie diagnostiquerait comme une crise d'emphysème et qu'on impute souvent aujourd'hui à la pollution, va comprendre.

Tu le connais, Landoff ? Il a jalonné l'ensemble de nos ministères, passant avec aisance de la Défense à l'Écologie, de l'Éducation aux Anciens Combattants, puis de l'Agriculture à la Culture sans décrotter ses bottes. Bellâtre à la crinière grisonnante, il a récemment claqué la porte du gouvernement pour entrebâiller celle qui, rêve-t-il, le propulsera jusqu'à la magistrature suprême.

– Voici Gaétane, mon épouse.

Sous sa chevelure blondassière, la dame qui se tient au volant semble avoir outrepassé le cap de la cinquantaine rugissante, en dépit des horions au botox dont son esthéticien l'a rouée.

À son tour de me pétrir la mimine d'une paume moite de folliculine inutilisée et inutilisable :

– Vous nous trouvez au comble du désarroi, Commissaire ! se lamente-t-elle.

– Le ministre de l'Intérieur m'a demandé d'entrer en contact avec vous, murmuré-je. Il ne m'a rien confié de plus.

En guise de réponse, Gilbert Landoff me tend une feuille portant encore les stigmates d'une pliure en quatre. Sur cette page de papier sans en-tête, quelques mots ont été imprimés :

Tu as tué ma fille
la tienne mourra
avant le lever de ce jour

– Où avez-vous trouvé cette missive ? réagis-je aussi sec.

– Dans notre boîte aux lettres.

– À quelle heure ?

– Vers dix-neuf heures.

– Il y a donc moins de deux heures, observé-je.

– J'ai aussitôt appelé Claude. On a eu beau connaître quelque différend, il n'en demeure pas moins un ami fidèle.

– Ce message était peut-être dans votre boîte depuis un certain temps ?

– Non ! fait le ministre, péremptoire.

– Laisse-moi raconter, Gilbert, s'impatiente son épouse, c'est moi qui l'ai trouvé.

– Je vous écoute, Madame.

Je viendrais de lui glisser un finger dans le Cadbury, elle ne m'en serait pas davantage reconnaissante et soumise.

– Ce mot ne se trouvait pas dans notre boîte aux lettres à dix-huit heures trente, quand je suis rentrée de mon fitness, car j'entretiens mon corps, précise-t-elle, en me décochant une œillade plus salée qu'une barrique de harengs caqués. Machinalement, j'ouvre toujours la boîte, or elle était vide.

Politicard endurci, Landoff tente de reprendre la parole :

– Moins d'une demi-heure plus tard, Gaétane…

– Laisse-moi finir, Gilbert ! le morigène sa mégère. À dix-huit heures cinquante-trois – je surveillais l'heure de l'émission *C à Vous,* que j'adore – je décide que j'ai le temps de descendre la poubelle. Fati, notre femme de service, étant en congé, et mon mari ne s'abaissant jamais aux basses besognes, les tâches ménagères m'incombent ! Enfin, bref : je dépose le sac dans la benne à ordures et, au retour, machinalement encore, je rouvre la boîte aux lettres.

– Vous découvrez alors cette lettre de menaces ! conclus-je. Vous en pensez quoi ?

Landoff est le premier à réagir :

– A priori, je suppose qu'on a affaire à une mauvaise plaisanterie. Mais ce n'est pas l'avis de ma femme…

– En effet ! confirme Gaétane. Quand il s'agit de menaces en peau de lapin, les plaisantins envoient plutôt des balles, des têtes de mort ou des maquettes de cercueil. Je ne sais pas ce qu'en pense le commissaire, mais…

– Il est d'accord avec vous, Madame ! tranché-je. Le danger existe bel et bien.

– Comment ça ? proteste Landoff, voyant se déliter ses perspectives électorales en cas de coup dur.

– Ce qui m'inquiète, en outre, dis-je, c'est la précision de la menace. L'auteur anonyme projette de tuer votre fille « avant le lever de ce jour ».

– En effet.

– Jamais ceux qui menacent au petit malheur la chance et sans intentions précises ne se hasardent à fixer des échéances, surtout à terme si rapproché.

– Expliquez-nous ! patouille l'ex-ministre.

– Je veux dire que votre fille est véritablement en péril !

– Oh, mon Dieu ! se lamente Gaétane Landoff. Laquelle ?

– Comment ça, laquelle ? tempêté-je.

– Nous avons deux filles : Alycia et Malvina.

Il urge, conviens-en, de parer au plus pressé :

– Où se trouvent-elles actuellement, vos filles ?

– Alycia, l'aînée, doit être chez elle, avenue d'Iéna, présume le ministre. Son mari était chirurgien.

– Il est mort ? supputé-je.

– Non, mais il l'a quittée.

– Elle vit donc seule ?

– Avec ses jumelles, Rosette et Muguette, deux petits bonbons de trois ans et demi…

– Vous l'avez tenue informée ?

– Pas encore. Nous ne voulions pas l'inquiéter avant de…

– Vous avez bien fait. Et votre seconde fille ?

– Malvina est comédienne, reprend Gaétane non sans fierté. Ce soir, elle joue au théâtre de la Demi-Chaudière. Depuis deux mois, ils affichent complet avec *Mets ton doigt où j'ai mon slip*.

– C'est elle qui joue le slip, ronchonne l'ex-futur présidentiable.

Je lorgne ma tocante, laquelle pérore vingt et une heures et des broquilles.

– Elle doit déjà être en scène ? pronostiqué-je.

– Espérons ! À moins que l'assassin…

– Ne paniquez pas ! On prend les choses en main.

Je compose d'un pouce le chiffre me reliant à mon burlingue. Un Béru chaud-bouillant répond à mon appel :

– Yes, I esgourde !

M'est avis que le Gravos s'était prémuni contre la soif, lors de ses emplettes chez Maumau.

– Alexandre ?

– Lu-même personnellement !

– Il faut que tu me rejoignes dans la cour, devant ma bagnole. J'ai une mission urgente à te confier.

Le Mastard tergiverse :

– Maintenant, là, tout d'suite ?

– Et même plus vite !

– C't'à dire que j'devais aller chez Alfred rejoindre Berthie pour taper le carton.

J'imagine que, bien coinchée, leur belote devait s'achever sur une partie d'écarté.

– Rapplique immédiatement !

Je raccroche sans lui laisser le temps d'atermoyer et en reviens fissa au ministre :

– Une chose me trouble, Monsieur Landoff.

– Je vous écoute.

– Pourquoi l'individu qui vous menace dit-il que vous avez tué sa fille ?

– Je l'ignore ! Vous imaginez bien que je n'ai tué personne !

– Sans doute ! Mais ce personnage semble convaincu du contraire. Vous ne voyez pas pour quelle raison ?

– Franchement, non !

– Réfléchissez ! Dans l'exercice de votre métier ?

– Avant d'entrer en politique, j'étais pharmacien.

– Boulot à risques ! souligné-je. Vous n'auriez pas malencontreusement omis de vérifier une ordonnance fatale délivrée par un médecin étourdi ?

– Vous plaisantez, Commissaire ! Je n'ai jamais exercé en officine.

Gilbert Landoff a été ministre de la Défense. À ce titre, il peut être tenu responsable de tous les morts au combat. Mais je doute qu'aucune femme sous l'uniforme ait jamais été tuée durant son ministère. À vérifier…

L'arrivée du gars Béru me fournit un regain de tonus. Je le présente au couple de notables comme l'homme providentiel capable d'assurer à cent pour cent la sécurité d'Alycia, leur fille aînée, ainsi que celle de ses jumelles. Ils n'ont qu'à le déposer à bon porc.

Quant à moi, je me charge de Malvina, la cadette théâtreuse. Je n'imagine pas encore à quel point la soirée va être agitée !

4

– Contrepet 2 –

L'infirmière scolaire met
du baume au recteur

Solution chapitre cinq

Je glisse un talbin dans le corsage de l'ouvreuse tout en lui frôlant la pointe du nibard qu'elle semble avoir bien drue et pralineuse. La souris glousse, parée pour un nouveau fourvoiement de ma paume, même privée de bifton.

J'ai profité de l'entracte pour me présenter à la caisse où, coup de bol, il restait une seule et dernière place, défection de dernière minute. Elle m'a même été attribuée gratos, sur simple présentation de ma carte de bourdille. Je prends donc siège entre un retraité des pompes funèbres ayant jugé opportun de trousser son habit de cérémonie à l'occasion de cette sortie vespérale, et une sergente chef, à se fier au triple chevron qui orne ses épaulettes[1].

Tu sais qu'elle est choucarde, la petite soldate, avec son minois de madone encadré d'une chevelure garçonne mais bien dessinée. En sus, elle s'est parfumée aux essences d'agrumes, mes préférées. Au niveau du bustier, son uniforme me paraît copieusement rembourré, et tout suggère que la partie immergée dans l'ombre du fauteuil flanquerait des idées de lévitation à un moine tibétain. Il t'en faudrait davantage, à toi, pour engager la conversation ?

– Vous êtes militaire ? demandé-je benoîtement.

– Vous, en tout cas, vous êtes observateur ! me cingle la gradée.

Une confidence ? J'adore laisser les filles me prendre de prime abord pour une portion de brie. Ma brillance consécutive n'en acquiert que plus d'éclat. Tu vas observer la tacatacactactique du San-A…

1. Or, pour continuer dans la saillie contrepéteuse, je n'ai pas de rebord à mes épaulettes.

– Une militaire ! Vous tombez à pic !

– C'est plutôt vous, le parachuté ! Il me semble que vous n'étiez pas là, au premier acte.

– Si vous avez remarqué mon absence, c'est que vous appréciez ma présence, Sergent-Chef.

– Vous auriez dû vous borner à m'appeller Sergent.

– Figurez-vous que je suis moi-même officier, de police, mais officier quand même : Commissaire San-Antonio.

La Cheftaine pige sa bévue :

– Aïe ! Je suis tombée sur un os !

– Pas encore, mais ça ne saurait tarder, pour peu qu'on prenne rendez-vous.

Presto, je lui file ma carte perso, avec tous les numéros nécessaires pour qu'on se retrouve illico dans un pageot.

– Vous ne manquez pas d'air, vous !

– Est-ce bien réglementaire de se présenter en tenue au théâtre ?

– Révisez vos manuels : la seule restriction au port de l'uniforme concerne la participation à une réunion politique ! me mouche-t-elle.

– Vous devez être encore plus séduisante dans le civil, le poisson-noyé-je.

Et puis, tu me connais, quelles que soient les circonstances, je n'oublie jamais la mission en cours :

– Une question me vient à l'esprit, Sergente : une femme militaire française a-t-elle été tuée au cours d'une mission durant les dernières années écoulées ?

– À ma connaissance, non. Pourquoi ?

Manière désinvolte d'évacuer le sujet :

– Alors, vous allez être la première à mourir de plaisir. Si vous ne perdez pas mon numéro.

Pour banale qu'elle soit, l'info me conforte dans l'idée que la menace adressée à Landoff : *Tu as tué ma fille la tienne mourra avant le lever de ce jour* n'est pas en rapport avec ses fonctions passées au ministère des Armées.

Alors, à quel autre événement est-elle liée ? Ce point d'interrogation prend la forme d'une inquiétante faucille.

Le rideau se lève. L'acte deux débute. Pour que tu ne restes pas ignarissime, je vais te résumer le pitch de cette pièce due au talent des célèbres Bariolé et Crédit, et revisitée par un auteur temporain : Lola, une fille de la bonne société, rôle tenu par Malvina Landoff, a malenculeusement perdu sa culotte au cours d'un cocktail ; la fine lingerie a été providentiellement ramassée par un richissime tennisman, doublé d'un chanteur de charme. Troublé par la délicate senteur des dentelles, le jeune premier veut absolument en retrouver la porteuse ; il envoie ses émissaires, tous des nez patentés, à la recherche de la belle inconnue. Reconnais que l'enjeu vaut la chandelle, non ?

La pièce s'achève. Les ovations et multiples rappels passés, je me précipite vers les loges, m'immisce parmi la horde des admirateurs et me campe devant celle de ma future protégée. Un vague régisseur, escogriffe à l'œil de cocker, se découvre une vocation de videur. Il s'interpose devant la porte et annonce que ce soir, Mademoiselle Malvina est trop lasse pour signer des autographes. Brouhaha de déception. À reculons, les fans finissent par capituler et battre retraite dans l'escalier en colimaçon. Devant ma persistance, le garde-chiourme me fait signe de déguerpir.

– Je dois absolument voir Miss Landoff, insisté-je.

– Vous verrez mes fesses ! Allez, hop !...

Prétendant m'éconduire, le zozo a le tort de m'agripper par le bras. Il se retrouve avec la narine gauche collée contre l'oreille droite, ce qui lui va d'ailleurs très bien.

Négligeant ses jérémiades, je toque à la lourde. Elle pivote aussitôt sur une Malvina ruisselante de sa douche. Pour la dénuder davantage, cette polissonne, il faudrait la retrousser comme une chaussette !

Que je te brosse d'un trait son portrait : la blondeur dans son expression la plus magistrale ! Impossible d'affirmer si la coloration vénitienne de sa tignasse est due à des gènes autochtones ou aux produits teinturlurant de mamie Bite-en-cours : pas de racine pour la trahir ! Ni le moindre poilduc, le tout ayant été soigneusement ratiboisé sans même laisser place à un ticket de métro de seconde classe. La texture et la coloration de sa peau flanqueraient des idées de marmelade au plus soyeux et plus cuivré des abricots. Quant au bleu de son regard, je connais plus d'un lapis-lazuli qui fait la manche pour s'offrir le même. Sa bouche cerisière ? Je ne t'en parlerai que lorsque je l'aurai croquée sans recracher le noyau.

Je voudrais bien te raconter son corps plus avant, mais figure-toi qu'il vient pile (et sans poil) de se soustraire à ma vue, drapé d'une soudaine ondulation de soirie.

– Je m'habille et j'arrive, Commisssaire ! lance Malvina.

– Vous savez qui je suis ? m'étonné-je.

– Mes parents viennent de me prévenir par téléphone. C'est incroyable, cette histoire de lettre menaçante.

– Comment savez-vous que je suis bien l'homme qu'ils vous envoient ?

– Ma mère m'a annoncé un beau mec, et elle s'y entend, la coquine !

En moins de temps qu'il n'en faut à un parkinsonien prostatique pour éjaculer avant d'avoir pissé, la jeune actrice se vêt à l'abri d'un paravent. Elle m'en revient chaussée d'un jean tellement moulant que son point G se distingue sous la couture médiane.

– Voilà ! Je suis à vous ! jette-t-elle, rayonnante d'insouciante jouvence.

Elle se pend à mon cou, applique ses lèvres contre les miennes, me roule une interminable galoche.

– Maman avait raison, vous êtes canon ! conclut-elle. J'espère que ma sœur Alycia bénéficie d'un *body guard* aussi sexy !

– Il est… différent, éludé-je, mais il ne manque pas d'atouts ! Qu'avez-vous l'habitude de faire, en général, après la représentation ?

– Tout dépend des soirs ! Je ne suis pas une fille à marottes.

– Vous n'avez pas un petit copain qui vient vous attendre à la fin du spectacle ?

– Surtout pas ! J'ai trop besoin d'indépendance.

En voilà une nouvelle qu'elle est bonne, non ?

– De quoi avez-vous envie, là, maintenant ? lui demandé-je, plus guilleret qu'un coucou claustrophobe venant de squatter le loft d'un héron.

La greluche rafle son sac à main, y fourre un paquet de Marlboro et un briquet ST Dupond.

– Je me taperais bien une douzaine d'huîtres, des belons, avec du pain noir allemand et un beurre d'Échiré.

– Le tout poussé par un chablis premier cru ? suggéré-je.

Malvina me tombe une paluche préhensile en direction des bas-morcifs qu'elle malaxe sans vergogne.

– Voilà comme j'aime les mecs : quand ils savent choisir un picrate ! En général, le reste suit.

Nous abandonnons sa loge, découvrons dans le corridor le régisseur occupé à triturer son tarin sanguinolent.

– Il n'arrive pas à retrouver sa place, geint-il.

– Laisse-moi faire ! dis-je.

D'une nouvelle mandale, je lui remets le blair dans l'axe de sa physionomie.

– Ne me remercie pas, la consultation est gratuite.

Émerveillée, la comédienne s'accroche à mon aileron, coule sa frimousse entre ma nuque et mon épaule pour bien marquer son territoire.

Nous quittons le théâtre et naviguons bras dessus, bras dessous, jusqu'à la rue Saint-Augustin. Je projette un plateau de Gillardeau numéro 2, bien dodues et iodées, au Café Capucines.

Alors que nous rejoignons l'avenue de l'Opéra, une guirlande de lueurs bleues attire notre attention. Je dénombre trois bagnoles de police et une fourgonnette du SAMU. Nos pas, plus qu'une curiosité malsaine, nous entraînent vers ce lieu d'agitation. Quelques pin-pon parcimonieux de véhicules en attente ajoutent au caractère angoissant de la scène.

Derrière une ribambelle de matuches, deux urgentistes sont en train de remballer leur matos devant un individu étendu sur un brancard. À la lenteur pesante de leurs gestes, je pige que leur intervention s'est soldée par un échec.

Je m'approche du cordon de police, montre ma carte au plus gradé du lot.

– Mes respects, Monsieur le Commissaire ! réagit-il.

– Que se passe-t-il ?

– Décès sur la voie publique.

– Accident de la circulation ?

– Non. Un arrêt cardiaque, semble-t-il. Une femme très jeune, c'est surprenant. Et une collègue, en plus.

– Fliquette ?

– Militaire.

J'avance de trois pas, le cœur en chamade. Avant même d'identifier le visage, je remarque le triple chevron sur les épaulettes.

5

– Solution contrepet 2 –

mutcer ua errueb
ud tem erialocs erèimrifni'L

Si par inadvertance j'en portais, tu paries que mon ministre me remonterait les bretelles ? Et il serait dans son bon droit. Je te prends à témoin, ma biche, en attendant mieux. Trouves-tu légitime que je me lance sur une piste, tel un chien de chasse, alors que mon maître m'a assigné une mission de chien de garde ? Remarque, je suis assez finaud de la truffe pour jouer les pointers sans délaisser ma tâche de doberman.

Une qui savoure à tout-va, c'est la môme Malvina ! Cet impromptu composé par son *escort boy* lui lubrifie la case trésor, j'en fais serment (le fameux serrement du jus de pomme). On a beau jouer les stars, changer de rôle à chaque spectacle, de peau plus souvent qu'un lézard, on est toujours fasciné par l'imprévu, attiré par les routes qui ne longent pas la routine, par les nuits qui ne s'achèvent pas au matin.

Elle en a oublié le plateau d'huîtres, la délicieuse, une autre bivalve de son académie, plus exigeante en émotions fortes, ayant balayé la gourmandise, devenue péché véniel. Mon examen méthodique de la défunte lui fait presque l'effet d'un acte érotique.

L'entrebâillement du chemisier confirme la promesse entrevue au théâtre : la sergente y abritait une poitrine de belle lignée. Sous le faisceau de la menue lampe insérée dans mon couteau Opinel, je constate que l'aréole du mamelon gauche présente une légère tuméfaction, ainsi qu'une coloration évoquant un début d'hématome.

– Aidez-moi à retourner le corps, ordonné-je à un gardien de la paix.

– Selon la procédure, ne devrait-on pas attendre l'arrivée du légiste ? tergiverse le pandore.

– Aidez-moi à retourner le corps, répété-je d'un ton qui donne envie d'obéir.

Nous basculons la malheureuse[1] à plat ventre. En soulevant le haut de sa tenue, je découvre une étoile de sang sur le chemiser, à gauche de la colonne vertébrale. L'étoffe a été transpercée par une fine et longue lame, sans doute plantée jusqu'au cœur et même au-delà.

– Maintenant, vous attendez le légiste ! décidé-je. Autre chose à signaler sur ce décès brutal ?

– Rien pour l'instant, l'enquête de voisinage va commencer. Seul élément à noter, la fille était au téléphone quand elle est morte. On a retrouvé son portable allumé devant elle, sur le trottoir.

– Transmettez-le vite aux services pour traitement.

– Bien sûr. Vous avez l'air troublé, M'sieur le Commissaire ?

– Je pense que cette femme a été assassinée.

– Oh, merde ! soupire le jeune poulet.

– C'est votre premier meurtre ?

---

1. C'est ainsi qu'elle sera dénommée demain dans *Aujourd'hui en France.*

– Non, mais je devais aller en boîte avec une copine. Là, je crois que c'est cuit, avec toutes les paperasses… Pourtant, j'allais conclure.

Je lui claque l'omoplate :

– Si vous saviez le nombre de gonzesses que je n'ai pas pu tirer par suite d'un crime tout bête ! Je suis sûr qu'un de mes lecteurs au moins les a déjà recensées. Adressez-vous à lui, je vous communiquerai son mail hors-bouquin[1].

Tandis que nous gagnons ma chignole, la déception de Malvina se lit sur sa bouille plus distinctement que l'heure au fronton de la gare Montparnasse.

– Je m'attendais à autre chose ! maugrée-t-elle.

– À quoi, par exemple ?

– Que tu t'occupes de ce meurtre !

– Qui te dit que je ne m'en occupe pas ?

La comédienne hésite :

– Ben… tu t'en vas comme un pet sur une toile cirée !

Je lui ouvre la portière de ma caisse :

– Vas-y, monte !

1. À propos de bouquin, je n'ai rien à dire sur la disparition du plus fan et du plus barge d'entre vous, mes amis.

Boudeuse, elle prend place sur le siège avant.

– On va chez moi, ou on va chez toi ? grince-t-elle.

– Je ne sais pas encore où on va, ni si on y va.

Je sors un morlingue de mes braies, fouine dedans à la lueur du plafonnier. Malvina me regarde opérer avec un intérêt moucheté d'admiration.

– Où as-tu trouvé ce portefeuille ? questionne-t-elle.

– Dans la poche de la victime du meurtre dont je ne m'occupe soi-disant pas !

– C'est bien légal, ça ?

– Quand je le décide, oui.

– Yes ! Je savais que tu étais un bon ! fait-elle, son enthousiasme recouvré.

Je lui commente mes trouvailles au fur et à mesure, manière aussi de me les imprimer dans la citrouille :

– La fille s'appelait Josée Paldyre, 23 ans, née à Royan…

Je marque une pause, le temps d'éplucher d'autres fafs, et enchaîne bientôt :

– Sous-officier dans l'armée de terre au 2e régiment d'infanterie de marine du Mans.

– Elle était donc en perme ?

– Quelque chose dans le genre…

– Sympa, de consacrer son temps libre à venir m'applaudir ! relève Miss Landoff, mégalowoman comme bon nombre de comédiennes – si je devais t'en dresser la liste, je n'aurais plus assez de folios pour achever cet opus.

La vedette en herbe se rencoquille soudain :

– J'espère qu'on ne va pas devoir aller jusqu'au Mans pour enquêter ! C'est le trou du cul du monde, non ? D'ailleurs, je crois que Steevy est de là-bas !

Je montre un rectangle de plastique à la gamine :

– On va peut-être s'épargner la course à la rillette.

– C'est quoi, ce truc ?

– La clé d'une chambre de l'hôtel Louis-le-Gland. Tu peux redescendre de bagnole, c'est à deux rues d'ici. On y va sur nos pattes.

Une porte-tambour vitrée pivote en couinant à notre entrée, puis des dalles marmoréennes guident nos pas vers un comptoir de teck massif tenant lieu de réception.

Plus vive qu'une crise d'hémorroïdes traitée au piment d'Espelette, Malvina exprime avec véhémence ce que ma gamberge me susurrait en aparté :

– Qu'une soldate puisse se payer une piaule dans un palace pareil, ça me troue le cul !

En ma Ford intérieure, je lui réponds que si je la suis parfaitement sur le fond, en ce qui concerne le fondement je puis me charger de la perforation évoquée. Je lui recommande en outre d'aller m'attendre sur un canapé de cuir qui tend les bras à son fessier encore intact.

– Je vais en profiter pour appeler ma sœur, savoir comment ça se passe.

Je jette un cil sur le hall. L'endroit est plutôt calme. On approche de minuit. La clientèle des couche-tôt est rentrée au bercail. Celle des lève-tard se fourbit encore le fion aux fins de nuiteuses javas. Seul le secteur du bar connaît une certaine animation.

Je me dirige vers le desk où un préposé gourmé, déguisé en pingouin qui se serait laissé pousser les manches, m'accueille d'un sourire ocré de nicotine :

– *Hello, Sir ! Welcome ! Can I help you ?* lance-t-il.

– Remise ton angliche de chez Berlitz, Toto ! répliqué-je. Pas à moi !

L'homme aux clés d'or papillote, peinant à me cerner. Puis ses quinquets s'écarquillent :

– Commissaire, si je m'attendais ! Alors, ça ! Vous vous souvenez encore de moi ?

– Tu parles ! Thomas-l'Embrouille !

– Il y a perpète, pourtant, qu'avec Béru et Pinaud vous avez bouclé mon flambe ! Une affaire qui tournait rond… C'était pas juste, honnêtement !

– Honnêtement ?… Certains mots dissonnent dans ta bouche. N'oublie pas que t'avais engagé des croupiers prestidigitateurs qui truquaient le blackjack, et que tes roulettes étaient aimantées pour faire paumer les miseurs.

Le zigue soupire :

– Enfin, tout ça c'est du passé ! Je me suis racheté une conduite, croyez-moi.

– Bien sûr que je te crois ! Aujourd'hui, tu connectes tes clients à des revendeurs de poudre, tu les envoies vers des turnes de jeux clandestins, et tu assures un oreiller à ceux qui ont la crampette douloureuse. Toujours dealer, toujours dans le tripot et toujours maquereau... Seulement, tu paies tes Assédic.

– Voilà ! C'est ce qui fait la différence.

Il m'adresse un clin d'œil, puis me chuchote dans les osselets :

– Si vous avez envie d'une suite junior avec bidet à jet rotatif pour impressionner votre jolie pétasse, je peux vous faire un prix qui avoisine le zéro...

J'utilise notre proximité pour le choper au collet, l'attirer à moi et lui déposer un bisou sur le front avant de le repousser derrière son rade :

– On est trop copains pour parler d'argent entre nous ! Je veux un simple tuyau...

– Si je peux vous être utile, bredouille-t-il.

– Tu vas voir, c'est très simple...

Je lui tends la clé magnétique trouvée sur ma regrettée soldate :

– Y a pas de numéro, là-dessus. Tu devrais pouvoir me le fournir ?

L'ancien tenancier paraît soulagé de l'insignifiance de ma requête :

– Sans problème !

Il enfile la carte dans un lecteur et la réponse s'inscrit :

– Chambre 333, au...

– ... troisième étage, j'avais deviné. À quel nom, la piaule ?

Oubliant nos rapports du chat et de la souris, Thomas-l'Embrouille redevient le loufiat d'élite dont il s'est forgé le profil.

– Un instant... (Deux trois clics sur son ordi.) J'y suis... La réservation a été effectuée au nom de Richelieuse Pignon. Y en a qu'ont vraiment des prénoms à coucher dehors avec un billet de logement !

– Une chambre pour une personne ?

– Non, pour deux. Il s'agit d'une suite junior.

– L'identité de la seconde personne ? insisté-je.

– Elle ne figure nulle part, déplore-t-il. Depuis la suppression des fiches de police...

– Viens pas verser là-dessus des larmes de crocodile, Toto ! Tu l'as renouchée, cette dame Pignon ?

– Pas du tout. Et je vous jure que c'est pas des charres !

Je lui montre la carte d'identité de Josée, feu la sergente :

– Et la gonzesse de cette photo, tu la connais ?

– Non, franco de port, ça me dit rien. La chambre a été occupée en début d'après-midi, et moi j'arrive le soir. Je prends mon service à vingt-deux heures.

– La nuit, c'est plus pratique pour tes petites magouilles.

– Soyez pas cruel, M'sieur le Commissaire.

Je récupère la clé plastifiée :

– Dis-moi s'il y a quelqu'un dans la piaule, actuellement.

– Puisque vous en avez la clé, c'est qu'elle doit être vide.

– Il peut y avoir un double, non ?

– On va vérifier.

Il bidouille son computer, l'information fuse :

– Niet ! Il n'a été émis qu'une seule clé pour la chambre 333. Elle doit donc être vide, pour l'instant.

Je malaxe furieusement mon encéphale. Deux occupantes, analysé-je, Richelieuse, celle qui a réservé, et Josée, la militaire. Une seule clé. Cette clé était en possession de la sergente assassinée. Rien ne prouve que l'autre fille ne se trouve pas actuellement dans la turne. Dans le cas contraire, même, il est vraisemblable qu'elle aurait réclamé un duplicata avant de sortir.

Alors, go up !

Je me tourne vers Malvina, laquelle doit se morfondre au fond de son canapé.

Tu veux que je te fasse rire ? Elle a disparu.

– Vous cherchez votre copine ? suppute d'un ton narquois cet endoffé de Thomas-l'Embrouille.

– Où est-elle passée ?

– Je voudrais pas me montrer désobligeant, M'sieur le Commissaire, mais je pense qu'elle vous fait du contrecarre, cette petite morue ! Elle jacassait au bigophone, et puis, d'un coup, elle a remisé son portable et elle s'est barrée comme si elle avait le feu au derche, et à mon avis elle l'a !

Si tu as besoin de te représenter un trou du cul, tire mon portrait.

6

– Contrepet 3 –

À force d'avaler des fines,
le pion était complètement défoncé
Solution chapitre huit

Oisif, le chasseur du palace fume un cigare, assis de guingois sur le capot d'une vieille Bentley crème au toit bordeaux, les plus classe. Il se dresse d'un bond en m'avisant, redoutant d'avoir affaire au proprio de la monarchique limousine. Il s'apprête en outre à larguer son barreau de chaise. Je l'en dissuade d'un geste apaisant, puis d'une parole rassurante :

– Pas de panique, mec ! Je suis à pincebroque ! C'est quoi, ton havane ?

– Roméo et Juliette numéro 3, c'est un client qui me l'a offert parce qu'il avait pas de monnaie, se justifie le garçon, un long zigue sculpté dans l'olivier, avec une frime de figue séchée sur une terrasse de Bab el Oued.

– Ne dilapide pas ton pourliche ! lui recommandé-je. File-moi plutôt un renseignement...

Je lui tends une coupure de vingt pions :

– Et moi, je paie pas en nicotine !

– Je vous écoute, M'sieur, dit-il après avoir engrangé mon obole.

– Une fille vient de sortir de l'hôtel il y a peu de temps...

– Laquelle ? Y en a eu trois en moins de deux minutes.

– Une blonde plutôt canon.

– L'actrice ?

– Tu la connais ?

– Ouais ! J' sais pas son nom, mais je l'ai vue la semaine dernière dans *Mets ton doigt où j'ai mon slip*. Je suis pas fan de théâtre, moi, mais Zamira, ma copine, avant de travailler chez MacDo elle prenait des cours pour faire comédienne.

– Tu as vu dans quelle direction elle est partie ?

Le voiturier me désigne la station située juste en face de son poste de travail.

– Elle a pris un taxi. À cette heure-là, y en a toujours des bottes ! Les clients ont pas besoin de mes services.

– Elle t'a semblé pressée ?

– Je sais pas trop, je fais pas attention à tous les gens qui passent.

– Oui, mais elle, comme tu l'as reconnue, tu l'as forcément observée...

– Pas vraiment ! Des gens célèbres il en défile, ici. Tenez, la semaine dernière, on avait George Clooney. Je lui ai demandé s'il voulait un Nespresso, ça l'a même pas fait rigoler ! Je croyais pourtant qu'il avait de l'humour.

À l'évidence, ce brave larbin n'a pas inventé la poudre, ni même l'harissa. Pour lui tirer les vers du naze, il faut déployer des chefs-d'œuvre de matoiserie.

– Est-ce qu'avant la belle actrice blonde, quelqu'un avait pris un taxi ?

– Des tas de gens, toute la soirée.

– Je veux dire : juste avant elle ?

La réflexion, chez ce sbire, s'apparente à une intense gymnastique des maxillaires et des zygomatiques. L'ensemble de sa tronche se plisse et se déforme jusqu'à ce que les méninges finissent par se retrouver d'équerre :

– Exact ! Un homme et une femme ont pris un taxi juste avant.

– Essaie de me les décrire.

– Comment ça ?

– Je veux dire : à quoi ressemblait l'homme, à quoi ressemblait la femme ?

Deux questions à la fois, c'est too much pour son intellect :

– L'homme, je sais pas.

– Sa taille, sa corpulence, son âge ?

Trois questions à la fois, il faut oublier ! Je reprends donc l'interrogatoire en dissociant et simplifiant :

– Est-ce que l'homme était grand ?

– Moyen.

– Est-ce qu'il était gros ?

– Moyen.

– Est-ce qu'il était jeune ?

– Moyen.

Tu vois qu'on progresse sitôt qu'on pose les bonnes questions.

– Et la femme ? m'agacé-je. Moyenne elle aussi ?

– Je sais pas, parce qu'elle portait un duffel-coat avec le capuchon rabattu comme un supporter du PSG.

Devant la déception placardée sur ma terrine, le voiturier s'essore les neurones pour tenter de justifier ma gratification.

– Attendez ! s'écrie-t-il, proche de la jubilation. Je me souviens : la fille, elle trimbalait un sac de voyage !

Je sape son enjouement :

– C'est assez fréquent de se coltiner un bagage, quand on quitte un hôtel.

Avant d'investir la chambre 333, je toque à plusieurs reprises. *No answer, my lord !* Contrairement à ma supputation première, la carrée semble inoccupée. Je réitère mon tambourinage par précaution. On en a trop vu qui, pénétrant à la légère dans une piaule d'hôtel, se sont retrouvés devant un chimpanzé en rut, puis devant un juge en robe !

Toujours aucune réponse. Trois possibilités : soit la turne est vide, soit la locataire est plus sourdingue que Ludwig-Van, soit elle est aussi canée que le susnommé. Je préfère envisager la première.

J'enfile la clé magnétique dans la fente aménagée à cet effet. Un zonzon et un clignotement verdâtre m'autorisent l'accès.

Un tour d'horizon véloce confirme la vacuité des lieux. Une visite plus approfondie m'apprend qu'aucun effet appartenant à Richelieuse Pignon, la fille ayant réservé la suite, ne subsiste sur place. Dans les penderies, les cintres pendouillent, squelettiques, privés de tous effets. Les rayons des armoires sont déserts. Au pied d'un des puciers, un sac de voyage gît, entrouvert. Une étiquette accrochée à la poignée indique qu'il appartient à Josée Paldyre, 2e RIMa, Le Mans.

À l'intérieur, je ne décèle que des vêtements de rechange : un jean pas Levi's, deux polos faux Lacoste, un pull en cachemire synthétique, trois culottes peu affriolantes et un soutif 95C. Ajoutons une trousse de toilette de dame avec plein de crèmes à la noix de coco et deux tampax de secours.

Résultat des courses et de mes conclusions ?

Richelieuse et Josée ont débarqué dans ce palace. Elles devaient aller voir le spectacle *Mets ton doigt où j'ai mon slip*. Seule la sergente s'y est rendue. Sa compagne est restée à l'hôtel. C'est sa place vacante que j'ai récupérée lors de l'entracte à la Demi-Chaudière, d'où ma promiscuité avec la jeune militaire.

Pourquoi ne se sont-elles pas rendues ensemble au théâtre ?

Pourquoi l'une d'elles a-t-elle été assassinée ?

Pourquoi l'autre a-t-elle décampé ?

Et pourquoi, surtout, Malvina m'a-t-elle joué la fille de l'air ?

Je n'en ai pas la moindre idée.

Et je me sens plus déserté qu'un colon largué par son armée, voire un côlon après lavement.

Tu sais quoi ? Un seul être, en cet instant, pourrait me requinquer.

7

– Bérurier président ? –

Première étape

Rosette s'obstine à larmoyer. La morve lui dégouline des narines, s'insinue entre ses lèvres, cascade sur son menton et se perd le long de son cou jusque dans l'échancrure du pyjama. Rose, bien sûr, le pyjama.

Muguette, pourtant moins déborbante du lacrymal, ne peut abandonner sa jumelle devant une telle détresse. Alors elle chougne aussi, par solidarité, et les glaires de son museau la badigeonnent itou, souillant son pyjama. Blanc, bien sûr, le pyjama.

Qui n'a observé Béru dans un emploi de baby-sitter ignore les bases de la puériculture !

Chacune des fillettes a trouvé place sur ses colossaux jambons de Bayonne. Ses biscoteaux de foire servent aux gamines d'accoudoirs, voire de garde-fous. Pour confortable qu'elle soit, cette situation ne satisfait pas les pleureuses, lesquelles redoublent de criailleries.

Le Gravos sélectionne sa fréquence la moins ravinée, ou plutôt la moins avinée pour tenter d'apaiser les mouflettes :

– Allez, on met les pouces, les pécores ! Vous irritez vos cosinus et vous vous égosillez pour peau de balle et balai de crin !

Surenchère dans les pleurnicheries.

Loin de s'irriter, comme on pourrait le craindre, Alexandre s'arme de patience. Au prix d'une contorsion et sans déstabiliser pour autant ses pensionnaires, il parvient à rafler sur le guéridon voisin une bouteille de scotch hors d'âge. Il en ôte le bouchon avec les dents, le recrache au loin et se transvase une large rasade du précieux nectar.

– Haaa, s'exclame-t-il, y a pas à dire, votre papa, c'est p't'être un enfoiré de vous avoir larguées seulâbres avec votre pauvre mother, mais il possédait une bibliothèque de Visky digne des loges !

Il s'apprête à reposer le flacon, le constate quasiment vide, décide alors de s'en octroyer l'ultime gorgeon, se torche les babines d'un revers de langue, puis s'adresse à ses protégées :

– Dommage qu'vous soyez un peu jeunettes pour appréciller c'breuvage, les marmottes, parce qu'autrement sinon, une p'tite rasade vous calmerait. M'enfin, faut pas trop inciter la jeunesse à la biberonne, vu qu'à la longue ça laisse des traces ! J'en connais, dans mon entourage.

Les jumelles hurlant de plus belle, le Mafflu tente sa botte secrète :

– Il est plus d'minuit, les fifilles ! Faut faire dodo, maintenant… le marchand d'sable va passer…

Les vociférations s'accentuent, Béru commence à perdre pied :

– Réfléchissez un brin : à c't'heure induse, Cendrillon était dans son paddock ! Même la Belle au Doigt Dormant roupillait depuis belle sucette ! Et l'Chaperon Rouge, elle avait d'jà été bectée par le loup et faisait plus chier l'monde a'ec son p'tit pot de beurre !...

L'infernal se tait, traversé par une somptueuse pensée :

– Hé, les nymphettes, si que je vous raconterais une belle histoire, vous accepterassiez d'retourner au plume ?

Les reniflements s'estompent, les larmes s'évaporent.

– Quoi, comme histoire ? ronchonne Muguette.

– Celle que tu veux.

– Moi aussi, je veux une histoire ! renâcle Rosette.

– J'vous la raconte pour toutes les deux, promis ! Mais vous filez dans vot' chambre.

– Je veux pas me coucher ! bougonne la jumelle au pyjama rose, la plus retorse.

– Alors, pas d'histoire !

– Si, je veux une histoire !

– Alors, au dodo !

– Non, j'veux pas dodo ! s'entête Rosette.

– Moi, je veux une histoire !... gémit Muguette.

L'obstination et la persuasion du Mastard sont telles que les sauterelles finissent par capituler. Elles ramassent leurs doudous et trottinent vers leur piaule, se blottissent dans le même lit, pouce en bouche, paupières clignantes.

Tenant ses engagements, Sa Majesté s'improvise fabuliste :

– Bon ! J'vas vous raconter l'histoire de l'Ogre Béru.

Les mignonnettes s'enfouissent sous les draps en glapissant :

– Hou... J'ai peur, j'ai peur...

– Moi aussi... j'ai peur des ogres...

– Attention : il s'agit d'un ogre très gentil, précise le Volumineux. L'ogre le plus gentil de la Terre. Alors, vous voulez l'entend', mon histoire ?

À peine audible, le « oui » des jumelles est pourtant sans équivoque.

– Eh ben voilà... Il était une fois une forêt encore plus grande que l'bois de Boulogne où que votre nounou vous balade le mercredi après-midi. À l'époque, y avait pas d'bagnoles, pas d'pots d'échappement, pas de travelos, juste une famille très pauvre : les Poucet. Le père était un mec bien courageux, bosseur et tout, bûcheron de son état. À langueur d'temps, il coupait du bois à brûler dans la cheminée. Mais il faisait tellement froid, dans c'temps, que les rondins suffisaient pas et que, pour s'réchauffer, le brave zigue troussait bobonne plus souvent qu'à son tour et qu'il lui pondait des chiards à tour de bras, et si j'dis de bras, c'est pour aménager la châtreté d'vos jeunes oreilles. Brèfle, il y avait une tripotée de marmots à engraisser dans la casba, et c'est pas du v'lours quand t'as pas un Leclerc à portée de bus ! Le dabe aurait bien été à la chasse, mais il avait pas de fusil, et zigouiller des lapins ou des biches à coups de hache, il ne s'en sentait pas l'courage, car il avait le cœur sensible. Alors il ramassait des champignons et des carottes pour nourir sa marmaille. Mais, quand t'as pas un bœuf en daube à mettre autour, les carottes, ça fait pas la rue Michel…

Alexandre se tait, manière de tester la somnolence de ses patientes.

– Et après ?… rouscaille Rosette.

– Après ?… Héhé, après, c'est pire ! Un jour qu'il abattait un gros chêne, le tronc est pas tombé du bon côté et le pauvre père Poucet a été écrabouillé comme une merde… enfin, comme une crêpe. Mort sur le coup, quoi !

– Hooo…, soupire Muguette, c'est vraiment pas de chance…

– Mais c'est la vie ! Et comme un malheur n'arrive jamais seul, les envoyés du Roi, un truand sanguinaire sans foie ni l'oie, ont déboulé. Ils v'naient chercher les enfants pour les enrôler dans l'armée des Andes et en faire des lamas !…

Le chuintement de Rosette tartine de baume le gros cœur de Béru. En voilà une d'enfin assoupie pour le compte. Pas l'autre, hélas :

– Et l'ogre ? susurre Muguette aux marges de l'endormissement.

– L'ogre ? Justement, j'allais t'y venir ! Entendant les cris désespérés d'la mère Poucet, l'Ogre Béru, qui s'morpiondait dans une caverne depuis la nuit d'l'étang, s'est précipité. Comme il avait les crocs, il a commencé par grignoter tous les soldats du méchant roi en amuse-gueules, et puis il s'est occupé des enfants et d'la maman de façon que les mômes ne mourassent plus jamais de faim et que leur daronne aye bien sa dose de radada baveur !

Ouf ! Cette fois, les gamines ont toutes deux sombré dans le potage à Morphée.

Mais voici que des doigts légers gratouillent l'encolure du goret, lequel tressaille. Il avise la maman des jumelles, ensommeillée dans une nuisette dont la translucidité laisse entrevoir une croupe de jument sur laquelle cascade une impressionnante crinière rousse.

La silhouette chevaline d'Alycia Landoff ne saurait rebuter un Bérurier parfaitement étalonné.

– V'z'êtes réveillée, M'dame la fille du ministre ?

– Je vois que vous avez réussi à endormir mes chipies ! C'est un exploit. Moi, je n'en viens jamais à bout.

– Faut admett' qu'elles ont plus d'résistance que J'en-moule-un !

– Mais vous avez de la patience, commissaire Bérurier.

L'Immonde met à profit cette promotion policière pour couler une paluche investigatrice sous la courte chemise de nuit. La femme frissonne :

– Huuummm..., vos doigts sont rugueux, mais on les devine couronnant une main à poigne.

Ne pigeant pas trop l'élucubration, Béru préfère s'en tenir au langage des signes.

Son majeur, déjà, vient de contourner un rebord de dentelle.

– J'ai entendu la fable que vous contiez à mes filles, poursuit la femme, elle renfermait une vraie morale.

– Faut admett' que je garde toujours le moral ! se méprend l'Enchanteur Merlu.

À cet instant, une musique retentit. Une oreille mélomane identifierait la *Marche de Radetzky* allant crescendo.

– Merde, c'est mon portable ! mugit Alexandre. C'est c'con d'Alfred qu'a bricolé ma sonnerie. N'auparavant, j'avais *La Danse des canards*.

Le temps qu'il fouille ses braies, la fanfare a déjà réveillé les twin-pimbêches, lesquelles braillent derechef et da capo. Toutes deux se dressent sur leur paddock, se mettent à trépigner, tendant les bras à leur pauvre mother harassée.

La Gonfle finit par dégauchir le bigorneau, mais il a beau le bidouiller, il ne parvient pas à capter la communication. Plus étrange encore, la musiquette se poursuit, semblant toujours s'évader du fond de ses poches.

Nouvelle séance de contorsion et de palpation de ses hardes. Cette fois, Béru met la main sur le bon téléphone.

– Mouais ! aboie-t-il, plus irrité que le rectum d'un distrait ayant confondu suppositoire et boule de naphtaline.

Dois-je te préciser que l'importun, au bout des ondes, n'est autre que le shérif de ces dames, le coq de la maison Poupoule, le commissaire prisé, alias le gars moi-même ?

– San-A ? s'exclame Bibendum, j'voudrais pas êt' désagrégeable, mais tu tombes comme la mouche dans le lait ! Figure-toive que…

– Tout va bien, de ton côté ? coupé-je.

– Impec, pourquoi ?

– Je suis avenue d'Iéna, mais j'ignore l'adresse précise de la fille Landoff.

À mon ton, le Gravos me devine pataugeant jusqu'aux roustons dans la gadoue.

– Y a du grabuge ?

– Je préfère t'expliquer de vive voix.

– Je te passe Alycia, elle va t'filer elle-même ses conardonnées, c'ira plus vite.

Tandis que l'aînée du ministre me virgule le numéro, l'étage et le code d'accès,

Béru triture le premier portable ramassé dans sa poche. Cette trouvaille l'intrigue : il ne s'agit pas de celui de Berthe, toujours gainé d'un étui mauve et en position de vibreur intensif.

À force de manipuler l'appareil, Alexandre finit par frôler une touche qui allume soudain l'écran. Le nombre 60 s'inscrit en chiffres fluorescents verts et se met à clignoter.

À chaque pulsation lumineuse, le nombre affiché diminue : 59... 58... 57...

Le Mastard récupère son propre téléphone et me reprend en ligne. Il me raconte ce que tu viens d'avoir l'insigne honneur de découvrir juste avant moi, à savoir l'existence de ce second portable, ainsi que l'étrange défilement des chiffres.

... 37... 36... 35...

– Y a un truc bizarroïde, Tonio, croasse-t-il. Je viens d'les soupeser : l'autre est plus lourd qu'le mien, y sont pourtant d'la même taille !

L'ordre fuse de ma gargante sans même que ma pensée ne l'ait élaboré :

– Balance ce portable par la fenêtre ! hurlé-je.

... 29... 28... 27...

L'Intrépide bondit à la croisée de la piaule, l'ouvre en grand mais se trouve devant un store baissé. Pas de manivelle pour le soulever !

– Bordel ! Mais comment qu'on ouvre cette daube ? brame-t-il.

– Une commande centralisée, dans la cuisine, répond Alycia, le larynx voilé.

... 19... 18... 17...

Tous deux foncent le long du corridor. La jeune femme parvient la première devant un boîtier plaqué à côté du frigo. Haletante, elle presse le bouton commandant le relevage des stores.

... 8... 7... 6...

Dans un léger zonzon, l'opération se déroule à une allure de caméléon sous prozac.

– Trop tard, ça va péter ! beugle Béru.

L'éthique doit-elle en souffrir, son incorrigible ivrognerie va leur sauver la mise !

En un éclair, il se souvient de cette boutanche de Dom Pérignon tutoyée en douce et discrètement balancée, entortillée d'un chiffon, à l'intérieur du...

... 4... 3... 2...

Dans un même mouvement, Alexandre tire la poignée du vide-ordures et largue le téléphone piégé dans le conduit.

Un instant plus tard, une sourde explosion retentit dans les entrailles de la bâtisse.

Flageolante et blême, les tempes sillonnées de chandelles, Alycia se laisse choir sur un tabouret. Sans se départir d'une impressionnante placidité, Big Brother plonge la patoune dans le réfrigérateur pour en extraire un nouveau flacon de champagne, officiel celui-ci, dont il dépucelle la corolle de ses doigts de Morteau.

Béate, la femme le regarde emplir deux verres à moutarde. Même l'intrusion des jumelles au bord de l'hystérie ne saurait saper son admiration.

– C'est un homme de votre trempe qu'il faudrait à mon père pour conduire sa campagne, souffle-t-elle, plutôt que les crapauds qui grenouillent dans son marigot !

Livre deuxième

Et la malédiction s'accomplit

8

– Solution contrepet 3 –

écnoféd tnemetèlpmoc tiaté noif el
,senip sed relava'd ecrof À

Je rejoins Béru dans le local à poubelles dévasté. Un conteneur a été éventré, des détritus jonchent le sol, des épluchures et sanies diverses et avariées constellent les murs, mais, au final, les dégâts paraissent modérés.

– Pas trop de bobo ! constate Alexandre. N'empêche que si l'bigophone m'avait sauté dans la fouille, c'est ma tripaille qu'aurait z'été tartinée.

L'évocation flanquerait la gerbe à un coyote famélique et des haut-le-cœur à une portée de phacochères.

– Tu as une idée de la provenance de ce portable piégé ? demandé-je, réprimant une moue de dégoût.

– Affirmatif ! Ça m'est r'viendu d'un coup. C'est çui à Mustapha !

– Comment est-il arrivé en ta possession ? m'étonné-je.

– C't'aprème, quand Jérémie et Toinet nous ont am'né le client, y m'ont confié son téléphone pour que j'le portasse au labo. J'l'ai enfouillé machineusement. N'ensute, j'ai cuisiné l'Arbi et ça m'est sorti d'la calbombe.

– Les cinq pastagas pris chez Maumau n'ont pas dû raviver ta mémoire…

– Six ! rectifie honnêtement le Gravos.

– C'était donc le truand qui était visé, conclus-je. Par qui, pourquoi ? Voilà une piste intéressante et un nouveau moyen de pression sur lui.

Sur ce, la gardienne de l'immeuble déboule en piaillant :

– Oh, mon Dieu ! C'est un attentat ?

– Rien de grave, la rassuré-je. Ce sont des chenapans qui ont fait sauter une grenade à plâtre.

– Il faut prévenir la police !

– La police, c'est nous ! réplique Béru en exhibant sa carte. Allez, allez ! Dégagez, la mamie !

La concierge reflue à regret. Sa robe de chambre de pilou verdâtre et les bigoudis multicolores qui décorent sa crinière la font ressembler à un sapin de Noël d'hospice gériatrique.

Après avoir alerté les autorités du quartier, nous grimpons dans les étages. Béru tambourine à la porte de sa protégée.

– Qui est-ce ? susurre une voix derrière l'huis.

– C'est moi, Bérurier ! Vous pouvez délourder, M'âme Alycia !

L'ouverture des multiples serrures prend plus de temps que le déverrouillage de Fort Knox.

– J'y avais r'commandé de s'barricader à triple tour, m'explique Sa Majesté.

La femme nous accueille, drapée d'un kimono de soie rose. Alycia, c'est le modèle au-dessus de Malvina dans la gamme des poupées russes, la gigogne supérieure en âge, stature et corpulence.

– Tout va bien, la rassure le Mastard, y a presque pas d'casse !

La donzelle me tend une main racée que je serre avec ménagement :

– Commissaire San-Antonio, me présenté-je, mon acolyte n'étant pas l'apôtre des civilités.

– Tonio est mon supérieur et néanmoins z'ami ! croit bon de tonitruer Alexandre.

– Parlez moins fort ! Mes filles sont enfin *out*.

Nous passons au salon sur la pointe des nougats. En parfait maître de maison, Béru propose une tournée générale. J'accepte un fond de Dom Pérignon.

– Vous pensez que cette bombe m'était destinée ? s'enquiert la jeune femme en trinquant.

– En aucun cas, la tranquillisé-je. Elle est liée à une affaire de grand banditisme dont nous nous occupons par ailleurs. Rien à voir avec la menace dont vous faites l'objet.

J'hésite sur la manière d'aborder le sujet de la disparition de sa sœur. J'ai besoin d'infos, mais je ne tiens pas à l'affoler. Je me remémore les dernières paroles de Malvina alors que je m'apprêtais à interroger le réceptionniste de l'hôtel Louis-le-Gland : *Je vais en profiter pour appeler ma sœur, savoir comment ça se passe.*

Le voilà, l'angle d'attaque, comme au billard : par la bande.

– Avez-vous eu votre sœur, ce soir, au téléphone ?

– En effet. Elle m'a appelée peu avant minuit.

– Que vous a-t-elle dit exactement ?

– Rien de très particulier… Elle était enjouée. Elle m'a demandé comment était mon garde du corps, je lui ai répondu qu'il s'agissait d'un homme sympathique et rassurant. Elle m'a dit que le sien était plutôt… (Alycia paraît embarrassée.) Vous voulez ses propos exacts ?

– De préférence.

– Elle a donc dit que son escorteur était plutôt… bandant ! Elle a ajouté qu'elle allait sûrement… se le faire avant la fin de la nuit. Pardon pour cette trivialité qui passe mieux dans la bouche de ma cadette.

– Comment s'est achevée votre conversation ? poursuis-je.

– C'est curieux que vous me posiez la question, parce que Malvina m'a pratiquement raccroché au nez. Elle s'est exclamée : « *Ça alors, c'est incroyable ! Je te rappelle !* » Et elle a coupé.

– Elle vous a rappelée ?

– Non.

– Et ça ne vous a pas inquiétée ?

– Pas le moins du monde. Elle est tellement lunatique et imprévisible. Il lui arrive de me donner rendez-vous pour un déjeuner entre filles, de ne pas y venir, sans s'excuser ni même m'avertir, et de ne plus donner signe de vie pendant une semaine. C'est une artiste, comme dit maman !

– Vous, vous ne l'avez pas rappelée ? insisté-je.

– Pourquoi ? Je la laisse à ses lubies. Et comme je la sais sous bonne garde…

Le regard que me jette Béru ferait passer celui d'un épagneul breton pour rigolard. Dans l'ascenseur, je lui ai raconté l'échappée de la jeune comédienne et, chien fidèle, il partage la détresse de son maîmaître.

– Essayez d'appeler votre sœur ! commandé-je à Alycia.

– À cette heure ?

– Elle ne s'en offusquera pas, fantasque comme vous la décrivez.

La femme va chercher son portable, compose un numéro, raccroche après un long temps mort.

– Elle ne répond pas. Soit elle a picolé, soit elle a pris des médocs. (Elle rigole.) Ou alors elle est en train de mettre à exécution ses projets avec son garde du corps.

Un qui reste figé des zygomatiques, c'est ton San-A, crois-moi. Pour me dérider, faudrait au moins me fourrer un tisonnier chauffé à blanc dans le prosibus.

Je récolte le numéro de turlu et l'adresse de Malvina avant de me débiner, la queue entre les jambes – ce qui est sa place naturelle, soit, mais pas aussi pantelante.

La fugueuse starlette crèche à Saint-Germain-des-Prés. Rue Princesse, si tu réclames des précisions, juste en face de chez Castel, une boîte de nuit tellement ancienne que les premiers mannequins qui la fréquentaient sont aujourd'hui gaulées comme Régine.

La scoumoune, c'est comme les témoins de Jéhovah : elle rapplique jamais seule. Le hall et l'escadrin de l'immeuble sont plongés dans le noir. Je m'évertue à titiller la minuterie, elle m'adresse une fin de non-voir. C'est à la lueur de la minitorche de mon coutelas que je gravis les marches. Pratique, pour repérer un clitoris autrement qu'à la saveur, cette loupiote, mais insuffisante pour illuminer la tour Eiffel.

Comble de bonheur, Malvina occupe le septième et dernier étage, sans ascenseur, tu t'en gaffes, dans ce quartier historique. Reprenant haleine au terminus, je balade mon pinceau sur le palier. Un individu ne possédant pas une placidité aux soupapes bien rodées marquerait un haut-le-corps en apercevant une forme allongée devant l'unique porte. Je braque la lumière sur la silhouette féminine que je présume être celle de la cadette des Landoff.

Mauvaise intuition : il s'agit d'une autre fille d'âge comparable, mais plus petite, brune, portant un pantalon de velours et une doudoune. Elle roupille dans la position d'un fœtus aux contours illisibles que des parents admirent benoîtement sur une échographie.

Je lui frôle l'épaule, elle sursaute, pousse un petit cri de frayeur.

– Pas de panique, ma poule !

La môme redresse le buste, s'assoit en tailleur, peinant à recouvrer sa comprenette. Elle tente de me reluquer, mais la lueur l'aveugle.

– Qui êtes-vous ?

– Un ami de Malvina. Et vous, qu'est-ce que vous fichez là ?

– Baissez votre lumière, elle me fait mal aux yeux.

Je détourne ma lampe, aide la gosseline à se jucher sur ses paturons.

– Alors ? la tanné-je.

– J'ai raccompagné Malvina, elle était déchirée. Je suis serveuse au Redford, le bar américain de l'angle. Quand elle s'est pointée, on allait fermer. Elle arrêtait pas de chialer. Elle a biberonné cinq vodkas d'affilée, cul sec.

– Elle est arrivée seule ?

– Comme une grande ! C'est rare qu'elle soit accompagnée. En général, elle vient s'en jeter un dernier avant d'aller se coucher. C'est pas la première fois qu'elle prend une mine, mais là, elle semblait vraiment pas dans son assiette. Comme elle ne tenait plus debout, m'sieur Hervé, le patron, m'a conseillé d'aller la coucher.

– Ensuite ?

– Passer d'un trottoir à l'autre, c'était déjà galère, mais j'ai ramé pour lui faire grimper l'escalier.

– Surtout avec cette panne d'électricité...

– Non, la lumière marchait, quand on est montées, encore heureux. Elle a eu du mal à trouver ses clés... Bref, elle a fini par ouvrir. Je voulais la conduire jusqu'au plumard, pas qu'elle se gaufre en route, mais elle m'a claqué la porte au nez.

– Et vous avez attendu ?

– Je voulais être sûre qu'elle n'allait pas ressortir, dans son état. Et puis la lumière s'est éteinte, la minuterie ne fonctionnait plus. J'ai eu la trouille. Alors je me suis assise en attendant que ça revienne. J'ai fumé un joint pour passer le temps... et j'ai dû m'endormir.

Je t'ai déjà parlé de cette petite musique qui tinte parfois au plus profond de moi, résonne comme une alarme et prend des accents de marche funèbre. Elle s'accompagne d'une accélération du pouls et d'une constriction de la glotte.

Je devrais pourtant être rasséréné de savoir Malvina rentrée au bercail, même en proie à une murge de compétition. La présence de la barmaid sur son paillasson tend en outre à prouver que personne n'a pu s'y introduire derrière elle. Et pourtant je sens mon système nerveux en alerte maximale.

Je réalise soudain d'où me vient ce mal-être : de la panne d'électricité ! Je n'admets pas qu'elle puisse être fortuite. Ceux qui croient au hasard se laissent gruger par ceux qui le manipulent, misent à la Française des Jeux et vont gonfler les rangs des cocus magnifiques.

Plus le temps de dégager sésame pour tutoyer la serrure. Un coup d'épaule béruréen, et la porte vole en morceaux.

– Je suis flic ! lancé-je à la serveuse qui commence à glapir.

J'investis l'appartement avec la grâce et la discrétion d'un bulldozer syrien nettoyant un quartier rebelle. En moins de temps qu'il n'en faut à Bachar el-Assad pour transformer un opposant en martyr[1], j'ai inspecté les trois pièces et déboule dans la salle de bains.

C'est là que je découvre Malvina, inerte. Elle est étendue toute habillée dans la baignoire emplie à ras bord. Un sèche-cheveux flotte entre deux eaux.

1. J'implore Allah pour que d'ici la parution de ce texte le martyr ait changé de camp.

9

– Contrepet 4 –

J'ai vu la biche et les daims s'étirer

Solution chapitre dix

– Elle va s'en sortir ? questionne la serveuse, de ce timbre grave et fêlé qu'on affecte au chevet des grands malades, et a fortiori durant la veille des macchabées.

– Je suis pas toubib, mais elle vit, c'est déjà beaucoup. Je pense qu'elle fait un coma éthylique. J'ai trouvé une bouteille de rosé vide dans le lavabo. Elle a continué à picoler après que tu l'as raccompagnée.

Avec la barmaid, laquelle affirme se prénommer Gladys et je n'ai aucune raison d'en douter, nous avons extrait

Malvina de la baignoire, l'avons déshabillée, séchée et refringuée à la hâte avant de l'étendre sur son lit.

Durant ces manœuvres, la môme semblait totalement disloquée. Pour toute manifestation, elle n'a proféré que des vagissements.

Les bougies disposées dans la piaule pour pallier l'absence de courant lui confèrent une atmosphère de chambre mortuaire.

Je consulte ma montre. Le 112 m'a annoncé un délai d'au moins vingt minutes avant l'arrivée des secours. Un petit quart d'heure s'est déjà écoulé.

– Les gars du SAMU ne devraient pas tarder. Va les attendre en bas pour les guider, commandé-je à Miss Cocktail.

– Bonne idée, je descends tout de suite.

Je mets à profit ce temps mort pour retourner à la salle de bains, nanti d'une chandelle. Une constatation me turlupaffe : à l'évidence, Malvina n'a pas été électrocutée. J'ai observé son corps : aucune trace de brûlure, ni de tétanisation des membres.

Pourtant, comment expliquer que l'installation ait disjoncté autrement que par la chute du sèche-cheveux dans le bain ?

Je dépose le bougeoir sur le lavabo et laisse mes pupilles s'accoutumer quelques instants à cette faible et vacillante clarté, le temps d'une flânerie mentale. À peine esquissée, car un appel stentorien venu du palier me ramène au concret.

– Antoine, t'es là ?

J'identifie la noble basse du commissaire Blanc.

– Il me semble reconnaître l'écho des savanes ! lancé-je. Je suis au fond à gauche.

Ai-je omis de te dire que mon second appel a été pour le burlingue ? Jérémie, mon black pote, étant de permanence cette nuit, je l'ai requis toutes affaires cessantes. Le quai des Orfèvres est proche : une demi-Seine à traverser, c'est pas la mer à boire. Si bien que le grand Mâchuré aux bottes (et à la bite) de sept lieues a devancé les secours médicaux.

Le pinceau d'une lampe danse dans la pièce voisine, la silhouette de mon adjoint peine à se détacher dans le chambranle. Noir sur noir, on fait plus contrasté.

– Salut, mec ! Je me suis équipé d'une torche, comme tu me l'as demandé.

– Tu as bien fait, parce qu'ici on n'y voit pas plus que dans le trou du cul d'un... mineur de fond, blagué-je finement.

– Très drôle, Blanchette ! Que puis-je pour toi ?

– Déjà, m'aider à résoudre une énigme, cher Australopithèque.

Je désigne le sèche-cheveux au fond de la baignoire vidée.

– La fille a sans doute délibérément jeté cet ustensile dans son bain. Or, elle ne présente pas de traces d'électrocution. Et pourtant, tout a disjoncté.

Jérémie suit le cordon de l'appareil, se fout à quatre pattes sous le lavabo, sa torche en batterie.

– Les prises au ras du sol dans une salle de bains ! grognonne-t-il. Rien n'est aux normes, dans ces vieux immeubles à dix mille euros le mètre carré !

Le véhicule du SAMU vient de se garer en bas de l'immeuble en question. Sa sirène s'estompe puis se tait.

Mister Blanc vire un débouche-chiottes et une poubelle gavée de cotons à démaquiller, libère un gloussement de satisfaction :

– J'ai pigé !

Il se redresse, m'adresse un sourire si vaste que sa lèvre supérieure va occulter ses narines signées Ray-Ban.

– Écoute-moi bien, fils de Néandertal : la gonzesse dépose le sèche-cheveux allumé sur le rebord du lavabo. Elle s'allonge dans le bain, attrape le Babylisse par la poignée de plastique isolante, et le balance dans la flotte.

– C'est bien ce que j'avais imaginé, et alors, où est le scoop ?

– Le fil est trop court, poursuit-il. Les fiches, un peu grosses pour la prise vétuste, sont donc coincées à l'intérieur. Sous le poids de l'engin, le fil se tend et arrache la prise. À l'instant où le sèche-cheveux touche l'eau, il n'est plus branché...

– OK, mais comment expliques-tu la panne de courant ?

– Deux fils se sont touchés à l'intérieur du boîtier délabré. Je suis formel : ils sont encore en contact. C'est un miracle. Chez nous, au Sénégal, on dirait que cette fille est née pour vivre cent ans.

– Qu'elle passe déjà la nuit, soupiré-je, ça suffira à mon bonheur.

Nous accueillons les sbires du SAMU. Un jeune toubib antillais se méprend et s'adresse en créole à Jérémie, lequel lui répond en wolof, si bien que notre cher patois francomuche recouvre vite entre eux le statut de langue véhiculaire.

L'urgentiste prend le pouls de Malvina, lui retrousse les paupières, sonde son iris, lui tapote les genoux, la passe au stéthoscope par devant et par derrière. Au terme de cette auscultation, son diagnostic tombe :

– Elle a au moins 4 grammes d'alcool par litre de sang, cette gourde.

– Ses jours sont en danger ? m'inquiété-je.

– En principe non, sauf malformation cardiaque ou si elle souffre de diabète, d'insuffisance rénale ou pulmonaire. Mais, à son âge… Je vais quand même lui faire une piqûre pour soutenir le cœur. Ne vous affolez pas, on la prend en charge. Tout va bien se passer.

– Où l'emmenez-vous ?

– À l'Hôtel-Dieu.

Reboosté, je passe mes consignes à Jérémie :

– Tu escortes Malvina jusqu'à l'hosto. Affecte-lui trois pandores en surveillance intensive. La nuit n'est pas finie, et la menace plane toujours.

– J'ai tout un car en bas, pas de problème d'effectif.

– Alors, laisse deux mecs ici. Qu'ils appellent les urgences EDF pour rétablir le courant, et un dépannage serrurier pour rebecter la lourde que j'ai un tantinet malmenée.

– Il en serrra fait selon votrrre bon plaisirrr, Patrrron ! réplique-t-il en forçant son accent afrrricain.

– Autre chose : en rentrant au burlingue, rencarde-toi sur deux filles.

Je lui tends calepin et crayon pour qu'il note :

– La première se nomme José Paldyre, 23 ans, née à Royan, elle est sous-officier au 2e régiment d'infanterie de marine du Mans. Elle a été mortellement poignardée ce soir avenue de l'Opéra.

– Et la seconde ?

– Je ne connais que son nom : Richelieuse Pignon.

– Drôle de préblaze. Militaire aussi ?

– Peut-être, mais pas sûr. En tout cas, ces deux filles sont copines au point de partager une piaule à l'hôtel Louis-le-Gland. Vois du côté de la direction, la fille a sans doute fourni un numéro de carte bancaire pour réserver.

– Je m'en occupe. S'il me reste un peu de temps libre, t'aurais pas de la broderie ou un canevas à finir ?

Je lui claque affectueusement les endosses.

– Encore un ou deux trucs, ajouté-je. Au lever du jour, fais remplacer Béru avenue d'Iéna par deux plantons. Et puis rameute la troupe. Je veux tout le monde sur le pont aux aurores. Après, tu pourras aller te pieuter.

– Tu rigoles ! regimbe-t-il. En Casamance, on peut rester trois jours et trois nuits sans dormir en invoquant le *Munga Golo*.

– En Île-de-France, ça marche beaucoup moins bien.

– Pas question que je décroche pour roupiller ! Même si l'affaire Landoff retombe comme un soufflé – ce qui n'arrive jamais quand il est préparé par ta chère Félicie –, il nous reste Mustapha et son mystérieux pactole. Je n'ai pas l'intention de le lâcher, celui-là !

– Fais comme tu le sens, mon Grand. Mais rend-moi mon carnet.

Les gonziers du SAMU embarquent Malvina et Jérémie leur emboîte le pas. Je me retrouve seul dans le silence et la pénombre. Une bouffée de sérénité m'enveloppe. Elles sont si rares, chez moi, les volutes de quiétude, que je m'efforce de les apprécier.

Une à une, je souffle les bougies dont certaines sont réduites à l'état de moignons. C'est alors que je remarque Gladys à nouveau endormie en position fœtale en travers du plumard. Je lui caresse la joue :

– Hé, ma puce ! Le spectacle est fini…

Elle pousse un gémissement de chiot bousculé par son frangin de portée :

– Mmmm… Je suis vannée !

– Et moi, j'ai une de ces dalles !

La serveuse se lève, s'étire :

– Tout est bouclé, à cette heure, même dans ce quartier ! Ah, ça, on n'est pas à Barcelone. J'habite à trente mètres, rue Guisarde. Si vous voulez, je peux vous préparer des coquillettes, c'est ma spécialité. J'ajoute du jambon en lanières, un pincée de parmesan, une grosse lichette de crème fraîche et une pointe de muscade. C'est pas gastro, mais ça se laisse manger.

– Comme disait un de mes amis cuistot : quand c'est bon, y a pas meilleur !

Dans un placard du coin-repas, je taxe une bouteille de bordeaux. Elle me doit bien ça, la Malvina, non ?

Tu sais que les coquillettes me font envie ?

Tu sais que je me sens bien, détendu ?

Presque heureux.

Qu'est-ce que ça cache, cette ébauche de bonheur ?

10

– Solution contrepet 4 –

sérihcéd snies sel te etib al uv ia'J

Le pinard était bouchonné. Ce genre de mésaventure a de quoi déshonorer toute une forêt de chênes-lièges.

Quant aux coquillettes, le parmesan râpé, de basse provenance, aigre et laiteux, leur avait flanqué un arrière-goût de dégueulis de poupon.

Par bonheur, la minouche de Gladys fleure l'ombrage des forêts et goûte les baies d'été – à l'exception de la groseille à maquereau –, le tout rafraîchi par quelques perles de rosée.

Je peux te garantir que c'est une véritable brune, la barmaid : son bouc sudiste est en parfaite harmonie avec sa tignasse d'onyx.

La tambouille expédiée, elle est allée prendre une douche et m'est revenue fringuée d'un long T-shirt avec rien en dessous. Elle s'est affalée sur le canapé-lit, distant de trente centimètres du guéridon faisant office de salle à manger. Elle a évasé ses cuisses finettes et ambrées, car – je ne l'avais pas remarqué d'emblée – la môme est une quarteronne franco-malgache.

– C'est tout ce que j'ai à t'offrir comme dessert ! a-t-elle murmuré avec une charmante candeur.

Pareil chariot de mignardises, avec fraise légèrement meringuée et pas d'éclair au chocolat, constitue pour moi une fin de repas en apothéose.

Je m'active de la menteuse, une vraie débroussailleuse ! Durant cette activité linguale, mes paluches ne sont pas en reste et recherchent la fréquence d'Europe 1 sur ses pralines mammaires. Gladys gémit dans le velouté en se pinçant les lèvres. On apprend vite à orgasmer confidentiel dans ces soupentes au galandage plus mince qu'un pucelage nippon.

Je sens son berlingot se développer jusqu'à atteindre le format d'un cornichon à la russe. D'un coup, il palpite et se dégonfle, signe que le fade n'est pas loin. Effectivement : la gueuse tortille du bassin, cabre ses hanches en libérant un interminable chuintement de soufflet de forge. Puis elle s'avachit sur le pucier, anéantie pour le compte. Moi, je ne l'entends pas ainsi, ni des oreilles ni de la queue. La corrida ne fait que commencer.

Je chausse subrepticement Mister Dugland d'un K-Way modèle XL et reprends le rôle de fabuliste délaissé par Béru. Je lui mime l'histoire du gros Poucet qui s'aventure au cœur de la Forêt-Noire.

Cette introduction inopinée lui fouette la libido. Fidèle à la noble tradition du radada, je lui récite d'abord les imposées, un peu comme un concertiste se dérouille les phalangettes avec ses gammes. Puis je passe aux figures libres, panoplie de postures et de contorsions mises au point au fil du temps et de mes innombrables prestations de lutineur artistique.

Gladys s'ignorait[1] aussi maniable et malléable. Elle engrange les panards à tire-larigot, finit par m'entraîner dans sa spirale de volupté. Lorsque je largue la poche à douille, avec son contenu on pourrait écrire douze prénoms sur un gâteau d'anniversaire, façon sucre glace.

Apercevant Popaul dépiauté de sa caoutchouterie et amorçant une génuflexion, elle se hâte de le revigorer. Elle l'embouche jusqu'au biniou, le pistonne et le coulisse en orphéoniste qualifiée. Tant et si bien qu'il hisse à nouveau les couleurs au niveau du capuchon et se remet illico au garde-à-vous.

Satisfaite de son interprétation, elle s'allonge à plat ventre, écarte de ses deux mains son joli cul pommé de manière à bien m'en exposer la rubiconde pastille. La requête paraît sans équivoque, non ?

Gladys, c'est une méthodique de la lonche qui aime à passer en revue les principales combinaisons culières répertoriées à ce jour. Pour elle, lichage, fourrage, pompage et empaffage sont les

1. Tiens, j'aurais dû l'appeler Simone !

quatre mamelles de la transe. Son côté Su'l'lit, quoi !

L'entrée des artistes me semble bien étriquée. Mais, après tout, celle des grottes de Lascaux ne mesurait que vingt centimètres de diamètre lors de sa découverte. Et ça n'a pas empêché quatre jeunes gens bien baraqués d'y pénétrer. L'exploit de ces Périgourdins, mon joli gourdin peut le réitérer.

Je m'apprête à transformer d'un coup de braguette magique le coquelicot de la damoiselle en pivoine lorsque, dans mon futal largué sur une chaise, mon portable tintinnabule, inexorable et fatidique.

Le compostage est renvoyé aux calendes – grecques, forcément. Même si elle joue du comptoir debout, la docile serveuse pourra donc continuer à s'asseoir, à l'occasion.

Je détends du braque et tends le bras pour cueillir mon turlu. Dès son « hhallohh », j'identifie le brigadier Poilala, mon planton privatif à la Grande Cabane. Cet appel nuiteux ne laisse pas que de m'inquiéter, comme on écrit dans les bouquins où c'qu'on cause le bon français.

– Que se passe-t-il, brigadier ?

– Vous avez reconnu ma voix ?

– J'ai reconnu votre asthme. Je vous croyais en congé.

– J'y suis. Avec Madeleine, mon épouse, on est chez ma belle-sœur, à Saint-Jean-de-Monts. Le temps n'est pas folichon, mais l'iode, c'est fameux pour les bronches.

Inutile de te dire à quel point je m'en cogne, de ses éponges mitées et de la météo vendéenne !

– Y a un souci ? fulguré-je.

– Oui et non, mais plutôt oui. Par le fait, la bleusaille qui me remplace pendant mes vacances a pas été fichu de trouver votre numéro perso dans le cahier prévu à cet effet, alors il m'a appelé pour que je vous contactusse.

Formé à la méthode Béru de conjugaison, Poilala clopine du subjonctif.

– Qu'avait-il à me communiquer ? le pressé-je.

– Eh bien voilà : il vient de recevoir un appel de la permanence de nuit du ministère de l'Intérieur. Faudrait que vous vous rendassiez de toute urgence au commissariat du dix-septième pour une affaire vous concernant personnellement.

Viron express à la salle d'eau, fringuage façon Brachetti, une claque affectueuse sur les meules de Gladys, et je déhotte.

« Affaire me concernant personnellement ? » Une sourde inquiétude me fait pétiller les sangs.

Je me perds en conjonctures, comme dit l'Enflure. Les rues de Pantruche sont dégagées à cette heure pré-matutinale. Le trajet est donc véloce jusqu'à la place Clichy. J'enquille le boulevard, puis la rue des Batignolles, la rue de la Condamine à droite, et me voici garé en crabe devant l'hôtel de police de la rue Truffaut.

Le gardien en faction s'avance d'un pas circonspect, la mine rougeaude et bouledoguée. Je l'évente avec ma brème tricolore.

– Commissaire San-Antonio !

Le zigue rectifie la position, déplisse son renfrognement :

– Mes respects, m'sieur le Commissaire. Justement, je vous guettais. Deux patrouilles vous attendent rue de

Saussure, à l'angle de la rue des Dames. C'est à deux pas.

– J'y vais à pied. Je peux laisser ma guinde ici ?

Le poulet label rosé se fend d'un sourire bonasse :

– Confiez-moi vos clés, je vais la parquer un peu mieux.

Un périmètre de sécurité a été délimité au carrefour voisin. J'enjambe le cordon jaune et me dirige vers une escouade de matuches formant cercle autour d'une entrée d'immeuble. Un flic en civil m'avise, me reconnaît, se précipite vers moi, me tend une poigne nerveuse :

– Lieutenant Ravioli, se présente-t-il. Merci d'avoir fait vite, Commissaire.

Son blaze le laissait présager : j'ai affaire à un jeune Corse déjà chauve et encore affublé de l'accent bellinsulaire.

– De quoi s'agit-il ? questionné-je.

– D'un double homicide. Les cibles ont été révolvérisées sur le trottoir, à bout portant, avec un gros calibre.

– En quoi ce meurtre me concerne-t-il… personnellement ?

– Je l'ignore, Commissaire. Mais, vu l'identité d'une des victimes, nous avons aussitôt alerté le ministère. On nous a demandé de ne toucher à rien avant votre arrivée sur les lieux.

Es-tu étonné que mon cœur s'emballe ?

– Qui est cette personne ?

– Gilbert Landoff, l'ancien ministre.

Boum ! Servez froid ! Depuis le coup de fil de Poilala, je m'attendais à un vilain coup fourré, mais pas à l'exécution du candidat à la présidentielle.

– Et la seconde victime ?

– Une jeune femme. On a trouvé sur elle des papiers au nom de Pignon.

– Richelieuse ? coassé-je.

– Exact ! confirme Ravioli, un chouye admiratif. Vous la connaissiez ?

– On s'est raté de peu, ce soir, soupiré-je.

– En tout cas, le tueur, lui, il l'a pas ratée. Vous allez voir : une balle en pleine tempe, pour chacun d'eux.

Nous fendons l'essaim de ses collègues. Le bourdonnement des conversations s'estompe.

– Faites gaffe à vos pompes, m'avertit le lieutenant, y a du raisiné partout.

Si tu es friand d'émotions gore, viens faire un tour rue de Saussure, ce soir, tu seras servi. Landoff est étendu sur le dos, une jambe repliée sous l'autre, un bras coincé derrière la nuque. La boîte crânienne a explosé du côté gauche, mais les traits demeurent reconnaissables. Je constate qu'il porte le même complet veston qu'hier soir, dans la voiture de sa femme.

La fille, elle, est figée en position assise, adossée à la porte-cochère comme une petite Roumaine qui fait la mangave. Son pauvre minois n'est plus qu'un magma d'humeurs glaireuses. Le projectile semble être ressorti par son œil droit. Le duffel-coat qui devait être bleu roi a pris une teinte lie-de-vin.

– Vous avez une idée du déroulement du crime ? m'informé-je.

– On a même un témoin…

Le Corsico me désigne un grand Noir maquillé en drag-queen, assis sur le capot d'une bagnole de flics, fume-cigarette au bec. Il arbore une poitrine de Cicciolina sous un bustier en lamé or, et un mini-short de satin noir duquel s'évade un porte-jarretelles retenant des bas résille.

– Bien. Que les gars de l'Identité judiciaire se foutent au boulot, décidé-je. Je vous laisse mener les opérations, Ravioli.

– Merci, Commissaire !

– Moi, je vais cuisiner le travelo.

Me voyant approcher, le tapineur prend une pose de vamp et m'expédie dans les naseaux un nuage de fumée marilynien.

– Il paraît que vous avez tout vu ? attaqué-je.

– Tout, et même trop ! réplique-t-il d'une voix chaude et grave, longuement travaillée au gin tonic et au mojito. J'en ai paumé mon client, un notaire d'Orléans qui avait envie de pomper du Négro. Avec ce chambard, il a sauté dans sa BM et a mis les voiles.

– Je vous écoute !

Le transsexuel frotte goulûment ses lèvres fardées l'une contre l'autre. On dirait deux limaces en train de copuler.

– Vous préférez pas qu'on aille bavarder chez moi ? propose-t-il. J'ai ma piaule de passes à deux rues...

– J'aurais trop peur de tomber amoureux, rétorqué-je d'un ton glacial. Allez, raconte et me casse pas les couilles.

Le tarlo met les pouces :

– C'est bon, si on peut plus chambrer les poulets, maintenant ! Tout s'est passé très vite. Je marchais sur le trottoir d'en face, au bras de mon micheton, quand j'ai remarqué le couple à une quinzaine de mètres devant nous. Je ne leur aurais pas prêté attention, mais la nuit, les pas résonnent sur le bitume.

– Personne d'autre dans les parages ?

– À ce moment-là, non. On avançait au même rythme, chacun d'un côté de la rue. J'ai entendu comme un petit grincement derrière moi. Je me suis retourné, c'était un vélo, un VTT qui arrivait dans notre dos. Dessus il y avait un type en tenue de jogging. Il portait une espèce de cagoule qui lui masquait le visage.

– Vous n'avez pas trouvé ça étrange ?

– Pas tant que ça : on est en hiver, il fait frisquet.

– Ensuite ?

– Le cycliste nous a dépassés. Arrivé à la hauteur de l'homme et de la femme, il a ralenti et s'est mis à rouler près d'eux dans le caniveau, puis il est monté sur le trottoir comme s'il allait leur demander un renseignement. Je n'ai pas bien vu ce qui s'est passé, mais j'ai entendu deux coups de feu. Le couple s'est écroulé, et le vététiste a redémarré à toutes pédales. Mon notaire s'est cassé et moi, je n'ai eu ni ma turlute ni les cent cinquante pions promis. Mauvaise soirée.

– Vous connaîtrez des nuits plus fastes, charmant éphèbe ! raillé-je. Dernière question : avez-vous une idée de l'endroit d'où arrivaient les victimes ?

– Oui, et très précise, même : du *Bistouquet Club* !

– Une boîte de nuit du quartier ?

– Un bar américain, plutôt. La taule chic, avec des entraîneuses de haut vol et du champ' millésimé. C'est juste là-derrière, rue Lebouteux.

– Comment pouvez-vous affirmer qu'ils venaient de là ?

Le trave ajuste une nouvelle Pall Mall à son fume-cigarette.

– Simple déduction. Je me souviens de les avoir vus entrer dans ce club vers une heure du matin. Un taxi venait de les déposer. Je me suis dit qu'avec son duffel-coat de collégienne, la fille allait se faire refouler. Faut croire que non, parce qu'ils ne sont pas ressortis de sitôt. Je suis resté encore un bon quart d'heure dans la C5 d'un de mes habitués.

Un vrai givré, ce garçon ! Il me touche pas, je le touche pas, il veut seulement que je l'insulte pendant qu'il se pignole. Faut que je récite dans le bon ordre et sans me tromper une liste qu'il a écrite de sa main. Ça commence par : *Petite salope ! Espèce de traînée ! Fille de pute ! Sale morue !...*

Tandis que la Reine Pédoque débite sa litanie d'insanités, mon ciboulot vagabonde. Quelques pièces d'un puzzle dont j'ignore encore l'image finale se mettent en place. Je te les livre en vrac, ou plus exactement en rebroussant le temps :

1 – Le taxi qui a largué Landoff et Richelieuse devant le *Bistouquet* est celui que le chasseur de l'hôtel Louis-le-Gland a vu démarrer. L'horaire correspond.

2 – C'est ce taxi que Malvina a tenté de suivre. Sans doute l'a-t-elle perdu en route.

3 – Dans le hall du palace, alors que je bavardais avec Thomas l'Embrouille, le réceptionniste, Malvina a vu sortir son père en compagnie de Richelieuse. Abasourdie et chagrinée, elle a essayé de le filer.

4 – L'assassinat de Josée Paldyre, la sergente-chef, est en rapport direct avec

celui qui vient d'être perpétré dans cette rue...

On avance ! Je ne sais pas trop dans quelle direction, mais on avance.

Le travelo achève son récital ordurier :

– ... *Hyène en chaleur ! Vagin putride !* Et je vous en épargne... Faut que je termine par : *T'es bien une enculée, comme ta mère !* Et là, il éjacule. Vous en pensez quoi, vous ?

La façade du *Bistouquet Club* est lambrissée de chêne cérusé. La porte d'entrée, percée d'un hublot de vitre dépolie, ne comporte aucune poignée. Une plaque de cuivre de la taille d'une carte postale indique sobrement le nom de l'établissement en anglaises gravées.

Je cogne à la lourde. Trois coups rapides et secs, comme frapperait un familier. Je poireaute un boisseau de secondes. Un rideau coulisse derrière le hublot. Un visage s'inscrit en médaillon. Je renouche une blondasse fanée dont le rimel part en débâcle. Le rouge baiser dont elle s'est tartiné les labiales ne parvient plus à masquer les ridules qui cernent son bec d'ornithorynque. La gonzesse me vote un sourire de navrance :

– On vient de fermer !

– Eh ben, on va rouvrir ! dis-je, exhibant ma carte.

Un zonzon déverrouille l'huis. La poule de réforme s'efface pour me laisser investir un rade plutôt cossu, ouvrant sur une salle aux lumières tellement tamisées qu'il faut être aveugle professionnel pour s'y déplacer sans bobo. Dans la pénombre, deux hôtesses à la dégaine putassière s'activent à remettre de l'ordre dans l'estanco.

La tenancière tire sur sa jupe, rajuste sa mise en plis, mais ne pipe mot. En vieille routière, elle me laisse le soin d'ouvrir les éventuelles hostilités. Dans son job, la survenue tardive d'un bourdille ne dit jamais rien qui vaille, même quand on se pense le nez propre.

– C'est vous qui drivez ce bouclard ? demandé-je en déposant de guingois une fesse sur un tabouret.

La vioque va se poster derrière le comptoir.

– Disons que, vu mon carat, je suis devenue l'hôtesse principale. Mais le patron, c'est m'sieur Dino Ras el Hattouf.

Si ma mâchoire ne se décroche pas sur mon sternum, c'est que je sais en toutes circonstances maîtriser le contrôle de mon self.

– Vous voulez dire Mustapha ? ânonné-je.

– Ouais, enfin, Mustapha c'est son surnom. On l'a pas vu depuis deux ou trois jours, il est souvent en voyage. Mais attention : la boîte est quand même bien tenue ! On a une clientèle sérieuse. Ici, y a jamais de vagues, vos collègues du quartier vous le confirmeront.

Manière onctueuse de me faire savoir qu'elle dispose de certains appuis dans le secteur.

– C'est justement cette belle clientèle que je voulais évoquer, enchaîné-je. Ce soir, vous avez eu la visite d'un couple. Lui, la soixantaine élégante ; elle, plutôt jeunette, avec un duffel-coat bleu.

Le faciès de la mastroquette se détend :

– Ah, vous parlez de Gilbert Landoff.

– Vous le connaissez ?

– On le voit régulièrement depuis quelques mois. Il a établi sa permanence de campagne rue de Saussure. Il finit souvent tard ses réunions et, avant de rentrer chez lui, il vient prendre un pot.

– Gros consommateur de vos pouliches ?

– Lui ? Pas une fois il n'a sollicité les services d'une hôtesse ! s'offusque-t-elle. Il boit un verre, voire deux, et puis s'en va.

– Toujours seul ?

– Il vient parfois avec certains de ses collaborateurs, surtout monsieur Léo, son bras droit. Croyez-moi, le ministre est un homme sérieux : je ne l'ai jamais vu en galante compagnie.

– À part ce soir ! noté-je.

La maquerelle de luxe s'esclaffe :

– Vous rigolez ! En servant les tables voisines, j'ai entendu la petite l'appeler « papa ». Cette gamine est sa fille !

11

– Bérurier président ? –

Deuxième étape

Alycia marque un temps avant de quitter son appartement :

– Je ne peux pas laisser ma mère seule en pareille circonstance, dit-elle d'une voix atone. Si les petites se réveillent…

L'une des deux fliquettes lui saisit le bras d'un geste affectueux.

– On saura quoi faire, Madame. Ma collègue et moi-même, nous avons des enfants en bas âge. Soyez sans crainte : trois gardiens supplémentaires assurent la sécurité des lieux.

Emmitouflée dans un manteau de lainage sombre, un foulard lui ceignant la tête, l'aînée des Landoff a chaussé des lunettes noires pour masquer son regard battu par la détresse. Elle se décide à pénétrer dans l'ascenseur, agrippée au bras de Bérurier, lequel affiche une mine digne et contrite.

Une heure auparavant, pour elle la vie semblait encore chargée de promesses. La jeune femme venait de s'éveiller, la bouche sèche : le saumon fumé du dîner, sans doute, un peu trop salin à son goût. Elle était sortie de sa chambre pour se rendre à la cuisine chercher une bouteille de Badoit. Elle avait été surprise et quelque peu émue de découvrir le gros policier couché en boule devant sa porte, à même la moquette. Elle avait tenté de l'enjamber sans bruit, mais l'homme s'était instantément redressé.

– Quèque chose qui cloche ? lui avait-il demandé.

– Non, non. J'ai juste soif.

– Figurez-vous que moi z'aussi.

Alycia avait avalé deux verres d'eau pétillante, Alexandre préférant un gorgeon de rosé frais. Agitée d'un frisson, la femme était venue se nicher dans le giron de son protecteur.

– Ça me chagrine de vous voir dormir par terre, lui avait-elle murmuré à l'oreille. Vous pouvez achever la nuit dans mon lit. Un cent-quatre-vingts, c'est bien trop vaste, pour une femme seule.

Infidèle à sa réputation, l'habituel insatiable avait boudé cette offre :

– Je croive pas qu'ça soif une bonne idée, M'ame Landoff. Si on pieuterait ensemb', je garantis pas qu'ce fusse en copains. D'enfile en anguille, la promise cuitée finit toujours par vous échauffer l'glandulaire.

– Je n'exige aucun copinage. Vous avez quartier libre, inspecteur, avait répondu Alycia, se lovant contre les rassurantes rondeurs du policier.

– Faut que je vous ferais un aveu : j'sus monté comme un bourricot. On m'paye pour veiller sur vous, pas pour vous démanteler la case trésor ! M'aginez qu'vous fissiez une hémorragie cérébrale d'la babasse, ou qu'je vous molestisse le coupe-cigare ; je risqu'rais la révocation, comme Lulu.

– Lulu ?

Le Mastard se fend le brie :

– Lulu, c'tait une tenancière d'la rue d'Maubeuge. Pinuche l'avait surnommée Lady de Nantes, vu qu'elle était native de là-bas.

Alycia avait tombé une paluche exploratrice aux bas morcifs d'Alexandre, et s'était extasiée :

– Non seulement vous êtes doté par la nature, mais vous n'êtes pas dénué d'une certaine culture.

– Moins aujourd'hui, mais quand j'étais loupiot, en Normandie, avec mon dabe on esploitait quinze hectares en culture, plus la prairie pour les bestiaux.

Sous les doigts de la femme béate, le reptile devenait boa. Les boutons de la braguette menaçaient de jeter l'éponge.

– Je n'ai jamais croisé un sexe de ce gabarit ! avait-elle soufflé.

– Et encore, l'a pas atteint son garabite adulte !

C'est à cet instant que le téléphone avait sonné et que San-Antonio – mégnace en l'occurrence – leur avait annoncé la terrible nouvelle.

… Le tandem quitte l'immeuble de l'avenue d'Iéna, encadré par une volée de perdreaux qui peinent à refouler la horde des paparazzi déjà à pied d'œuvre. Zoom en batterie, les journaleux mitraillent l'orpheline de Gilbert Landoff. Les questions fusent, sans réponse.

Une reporter de la Cinq, plus agile et hardie que ses confrères, parvient à se faufiler jusqu'à Alycia, lui cloque son micro sous le nez.

– Après ce drame affreux, le Parti pour la Justice fondé par votre père envisage-t-il de présenter un autre candidat ?

Alycia s'apprête à envoyer bouler l'indélicate. Mais elle se ravise, désigne le Gravos :

– En effet ! Monsieur Bérurier va reprendre le flambeau. Mon père venait de l'engager pour orchestrer sa campagne.

Les objectifs se braquent sur le Gravos, les flashes crépitent.

Provocation, boutade ou information délibérée ?

Cette petite phrase allait mettre cul par-dessus tête l'existence d'Alexandre et, qui sait, bouleverser le destin de la France.

Livre troisième

Mustapha, suite et fin

12

– Contrepet 5 –

Quand elles peignent,
il vaut mieux que les filles poncent
Solution chapitre treize

Le tempo imprimé à cette fin de matinée ferait passer un thriller de John Woo pour le remake hindou d'un film de Bergman. Au burlingue, les portes claquent comme dans une pitrerie de boulevard.

J'espère bénéficier enfin d'une demi-seconde d'accalmie pour faire le point dans ma tronche, lorsque la rouquine du labo, qui se trouve être en outre ma bru, entre à la volée, agitant un feuillet :

– Les premières analyses sanguines viennent de m'être communiquées, Patron… (devant mes sourcils circonflexes, elle se reprend)… heu… Papa.

– Je t'écoute, Amélie.

– Les probabilités sont fortes pour que Gilbert Landoff et Richelieuse Pignon soient de proches parents.

– La vieille sous-maque avait raison, relevé-je. Cette môme était bien sa fille.

La scientifique se veut prudente :

– Seuls les tests ADN permettront de l'affirmer. Mais l'hypothèse est plausible.

– Autre chose ?

– Évidemment, je ne suis pas restée à me tourner les pouces en attendant les résultats ! cingle-t-elle.

Jamais je ne dégoterai l'outil adéquat pour polir les angles de son carafon. Ses neurones doivent être hérissés de picots comme le virus du SIDA observé au microscope. J'ai tout tenté pour l'amadouer, l'Amélie : le calinage et la flagornerie autant que la menace et les coups de rogne. Aucune pression psychologique n'a de prise sur elle. Et si par advertance elle baisse les armes, c'est pour mieux les fourbir. Est-ce mon statut de beau-père ou celui de patron qui l'attise le plus ? Toujours est-il que je constitue son gibier favori. Ma consolation, c'est qu'elle ne dévoile pas à mon fils cette face de harpie. Sans doute a-t-il su la dompter. On est meilleur au rodéo quand on monte la bête.

Je ne me dépars pas d'un sourire affectueux ni du ton mielleux qui, je m'en gaffe, l'agace autant que si je mâchouillais du coton en griffonnant avec un silex au tableau noir.

– À quoi t'es-tu attelée, ma belle ?

– Au curriculum de la fille. J'ai suivi les consignes de Jérémie. À ce propos, il m'a chargée de vous dire que la chambre d'hôtel avait été réservée avec la carte Gold de Gilbert Landoff.

– Je commençais à m'en douter. Alors, qu'as-tu appris sur cette gamine ?

Amélie retourne son papelard et me lit ses notes :

– Richelieuse Agathe Gilberte Pignon. Née à Paris le 7 décembre 1986. Fille d'Agathe Lise Marie Pignon et de père inconnu.

– Voilà qui conforte l'option « fille naturelle de Landoff ».

– Ses seconds prénoms aussi, ajoute ma bru d'une voix de toile émeri : Agathe pour la maman, Gilberte pour le papa.

– Bien raisonné. Ensuite ?

– Elle vivait rue de l'Université avec sa mère qui exerçait la profession de secrétaire médicale. Celle-ci est décédée il y a cinq ans d'une leucémie. Richelieuse est alors entrée dans l'armée de terre…

– Au 2e RIMa ?

– Au Mans, en effet, j'allais le préciser. Elle était déjà promue lieutenant, ce qui constitue une belle progression, surtout pour une fille qui n'avait que vingt ans lors de son incorporation, donc encore peu diplômée.

– Piston ?

– Avec un papa, même secret, qui a été ministre des Armées, on peut vite prendre du galon.

– Beau boulot ! la complimenté-je, un petit coup de lichouille ne pouvant que vaseliner nos rugueuses relations.

– C'est pas tout. Je me suis également intéressée à Josée Paldyre, l'autre fille assassinée la nuit dernière. Elles étaient voisines dans le septième arrondissement, amies de collège, puis de lycée. C'est Richelieuse qui lui a fait intégrer l'armée à son tour. D'autre part, j'ai eu le légiste qui a examiné le corps de Josée. Il confirme votre supposition : elle a bien eu le cœur perforé par un poignard effilé d'au moins trente centimètres de long planté sous l'omoplate gauche. L'autopsie ne nous apprendra sans doute rien de...

Elle se tait, mâchoires entrebâillées, un filet de bave reliant une rangée de ratiches à l'autre. Moi, tu me vois pantois et coi. Pourquoi ?

La raison de cet arrêt sur image est l'irruption dans la pièce d'un personnage familier que nous peinons pourtant à reconnaître.

– Monsieur Bérurier, s'ébahit Amélie, qu'est-ce qui vous arrive ?

Le Gravos caresse son menton orné d'un sparadrap.

– Je m'ai coupé en me rasant.

– Ce n'est pas que tu te sois coupé qui nous interloque, mais que tu te sois rasé, noté-je. Et peigné, par surcroît.

Alexandre lisse ses tifs luisantes de gomina.

– Comment ça me va, la raie au milieu ?

– Comme à un cul. Et ton costard, il est presque neuf, non ?

– C'est à un oncle d'Alfred. Y peut plus l'mettre.

– Il a maigri ?

– Non, canné. Il a pété une durite. L'aorte abominable qu'a esplosé, ça pardonne pas.

– Que nous vaut ce renouveau ? m'informé-je.

– Une lubie d'Alycia. Elle m'a pris rencart avec des journaleux, en fin d'journée. Un genre de circonférence de fesse.

– En quel honneur ?

– Des couillonneries politicardes, j't'espliquerai.

Ma belle-fille se retire, abasourdie.

Le Mastard se laisse tomber en ahanant derrière son poste de travail, sort un croissant de sa poche et l'engloutit en libérant un geyser de miettes.

– Bon ! Des nouvelles du front, attaque-t-il. J'sus passé à l'hosto : Malvina va bien, j'ai pu l'interroger. Elle s'souvient même plus du sèche-cheveux dans la baignoire, tellement qu'elle était beurrée.

– Elle t'a donné une explication à ce biturage frénétique ?

– La tristesse, la déception ! Elle a vu son dabe quitter l'hôtel au bras d'une jeunette. Elle a pensé que c'était sa maîtresse. C'est comme si que le monde se s'rait écroulé autour d'elle, selonce ses prop' paroles.

– Tu lui as annoncé la mort de Landoff ?

– Très peu pour moi ! J'aime pas jouer les piafs de mauvais auguste. Sa vioque d'vait v'nir lui rendre visite après que Toinet aye recueilli sa déposition. J'lui ai laissé l'paquet cadeau.

Voyant survenir mon fiston, il se gondole :

– Tiens ! Quand on parle du loup, on en voit la queue !

Antoine défrime l'Enflure :

– Tu vas à un mariage, tonton Béru, sapé comme un milord ?

– Presque ! J'm'ai dégoté un nouveau brancard, et dans la haute.

– Alycia Landoff ?

– Elle-même.

– Tu te l'es poinçonnée ?

– Pas en service commandé ! Mais j'vas pas tarder à lu faire fumer les jambonneaux.

Mon lardon s'assied face à moi, à califourchon sur la chaise des prévenus.

– Toutes des salopes, ces grandes bourges ! bille-en-tête-t-il. J'ai interrogé la veuve. Malgré son chagrin, Gaétane Landoff a pas arrêté de me palucher la cuisse sous couvert d'un besoin de réconfort.

– À part qu'elle cache un braséro sous sa guêpière, tu as glané des infos intéressantes ?

– Plutôt oui. Après t'avoir parlé, hier soir, les Landoff se sont claquemurés chez eux, en proie à un tracas compréhensible. Ils avaient décidé de ne pas bouger de la soirée. La femme est allée se coucher, Gilbert travaillait dans son bureau. À onze heures et quart, il a reçu un coup de fil. Il est venu dire à son épouse qu'il y avait un problème à sa permanence, qu'il devait s'y rendre de toute urgence et qu'il rentrerait sûrement tard. Elle a essayé de le dissuader de sortir, mais il l'a envoyée au bain et s'est barré. C'est pas un type auquel on dicte sa conduite.

– Si tu veux mon avis, Toinet, le coup de fil émanait de Richelieuse.

– Possible, et même probable. Le traitement des portables et des fixes nous en apprendra davantage. Il est en cours.

Je me lève, arpente mon bureau, les yeux mi-clos.

– Je vais jouer les Madame Irma, annoncé-je, l'esprit tellement concentré qu'il ballotte dans mon crâne comme le pois chiche dans le sifflet d'un arbitre[1].

Animé par une transe quasi médiumnique, je parle en laissant couler mes mots librement sans que la pensée vienne les canaliser. On connaissait déjà l'écriture automatique, pratiquée par quelques déjantés du bulbe, je viens de mettre au point la parole mécanique :

– Voici comment les événements ont pu, ont dû se succéder, psalmodié-je. Gilbert Landoff a réservé une suite à l'hôtel Louis-le-Gland pour Richelieuse et sa copine, en perme à Paris. Il a également retenu deux places de théâtre pour que sa fille puisse aller applaudir Malvina, cette sœur qu'elle n'a jamais rencontrée, mais dont elle suit la carrière. En fin de journée, la lettre du corbeau arrive. Changement de programme ! L'ex-ministre appelle Richelieuse pour lui demander de rester calfeutrée à son hôtel. Il est seul à savoir que la menace peut concerner aussi

1. Mais où San-Antonio va-t-il puiser d'aussi riches comparaisons ?

cette enfant illégitime. Il omet volontairement de me mettre dans la confidence, par crainte d'un scandale nuisible à sa sacro-sainte carrière. À onze heures et quart, Richelieuse lui téléphone chez lui. Elle vient d'apprendre la mort de Josée.

– Comment l'aurait-elle apprise ? me coupe Antoine.

Hors de question de me laisser déstabiliser. Je demeure inébranlable dans mes certitudes :

– D'une manière qu'il te sera facile de vérifier. Josée était au téléphone lorsqu'elle a été poignardée, le fait est établi. À mon idée, elle parlait à Richelieuse et celle-ci aura vécu l'agression en direct. Inquiète, la fille Landoff rappelle et tombe sur un flic qui lui apprend le décès de son amie. Effondrée, affolée, elle prévient son père, qui rapplique dare-dare et l'embarque pour la mettre à l'abri. Il a compris que c'était bien Richelieuse et non ses autres filles qui était visée.

– Si j'comprends bien, remarque Béru, la Josée en question a été scraffée par erreur ?

– J'en suis convaincu, opiné-je. Le tueur ne connaissait pas sa cible de visu.

On lui avait sans doute désigné une femme militaire qui allait quitter le théâtre de la Demi-Chaudière après la représentation. Il y a eu confusion sur la personne.

– Ça tient la route, admet Toinet. D'autant qu'un témoin a signalé un cycliste cagoulé qui détalait avenue de l'Opéra au moment du crime. Je ne sais pas comment il a réalisé sa bévue ni comment il a réussi à retrouver Gilbert et Richelieuse en fin de nuit, mais il a récidivé, à coups de flingue cette fois.

– Et il a rectifié l'père et la fille pour l'prix d'un ! note le Mastard en extirpant une boutanche de vin blanc du placard de Pinaud. Un p'tit gorgeon d'muscadet, ça vous dérouillerait pas la menteuse ? C'est la Vieillasse qui rince.

– Pourquoi est-il absent depuis deux jours ? demandé-je, déclinant d'un geste la libation.

– Toinet non plus, pas soif ? Petites natures, va ! Bon, ben, j'bois au goulot. À la bonne vôtre ! (Il s'arrose copieusement les muqueuses.) Pour en r'venir à Pinuche, il est à l'hosto.

– Malade ?

– Au contraire, c'est parce qu'il va trop bien ! Les toubibs gobent pas le mirenculage de Lourdes[1]. Alors y z'arrêtent pas d'lu faire des examens des boyaux de la tronche pour piger comment qu'il a guéri d'son Alkazheimer. Il devrait pas tarder, y sortait c'matin.

Antoine fait claquer ses doigts :

– À propos de toubibs et de médecine, j'ai relevé un détail en étudiant le dossier de Gilbert Landoff. Il est pharmacien de formation.

– Je sais.

– Oui, mais ce que tu ignores peut-être, P'pa, c'est qu'au début de sa carrière politique, il a travaillé pour un grand groupe pharmaceutique, et devine lequel ? Les laboratoires Cervyl, ceux qui ont fabriqué et distribué le redoutable Prédator.

– L'coupe-faim qui tue ? s'exclame Alexandre avant de s'octroyer une nouvelle lampée de la réserve pinulcienne. Quelle débilitance d'inventer des trucs pareils ! Couper la faim, j'dis pas, en Estropie ou au Danladesh, enfin dans les patelins où y a que dalle à bouffer, ça

1. Lire ou relire *Comme sur des roulettes*.

pourrait êt' une œuvre de salubrité pudique. Mais chez nous, où ce qu'on a tout ce qu'y faut pour tortorer ?!!!

– Intéressant, cette histoire de labo, fils. Imaginons un homme dont la fille serait décédée à cause de cette saloperie de médoc. Le type pète les plombs, se focalise sur Landoff, très médiatisé en ce moment, et veut se venger en appliquant la loi du talion. Il faut explorer cette piste.

– Il y a eu deux mille morts déclarées ! soupire ma progéniture.

– Un velours, pour toi ! me marré-je.

L'arrivée de Mister Blanc engendre une salutaire diversion.

– Tiens, voilà du boudin ! se met à chantonner l'Ignoble.

Béru éprouve une incoercible jalmincerie à l'égard de Jérémie et de l'amitié que je lui voue. Elle le pousse à des railleries graveleuses et des calembredaines anti-blacks dignes des abrutis du Kop de Boulogne ou des berlusconneries.

On s'attend tous à une réplique cinglante, mais notre *Bronzato* semble trop affairé pour rechercher la joute.

– Je n'arrive pas les mains vides ! lance-t-il en guise de salutation.

Il peine à déglutir, comme s'il avait avalé sa langue plus large qu'une tranche de foie de veau. Feignant la compassion, le Gravos lui tend sa bouteille de muscadet.

– Dommage, y en a plus ! grince-t-il. C'était de bon cœur, pourtant.

Jérémie enroule, sans relever la provoque :

– Avec deux de mes gars, on a procédé à une perquisition des locaux de la permanence de Gilbert Landoff, rue de Saussure.

– Tu cherchais quoi au juste ? tiqué-je, sachant que dès qu'on remue la paille autour des politicards, fussent-ils défunts, ça renifle vite le fumier.

Le ministre m'a d'ailleurs appelé ce matin dès pochtron minette (comme dit la Gonfle) pour me recommander la plus grande discrétion dans mon enquête sur l'assassinat de Landoff. « Quoi que vous découvriez, je veux en être informé avant tout le monde ! » m'a-t-il ordonné.

– Je cherchais un message, un mail, un texto... quelque chose qu'on pourrait relier à la lettre de menace, s'explique mon collègue.

– Résultat ? s'impatiente Toinet.

– Zéro pour la question !

– Alors pourquoi qu'tu fanfaronnes ? ricane Béru. Pour te faire mousser le pied de zébu ?

Une fois encore, Jérémie s'écrase. Son endurance aux quolibets me déconcerte.

– Un point est déjà éclairci, poursuit-il. L'ancien ministre n'avait a priori pas reçu de menaces anonymes avant celles d'hier soir. Il nous avait caché une fille, il aurait pu nous enfumer aussi à ce sujet.

– Quoi d'autre ? relancé-je, persuadé que notre bon Noirpiot détient un indice de première bourre, et qu'il jubile à nous faire languir.

– Inutile de vous dire que je n'ai touché à aucun dossier politique et que je ne les ai même pas parcourus. En quittant les locaux, j'ai apposé les scellés et conservé les clés trouvées sur Landoff. (Il tire un trousseau de sa poche.) Je vais remettre ces clés à celui qui va reprendre en mains le Parti pour la Justice.

Jérémie s'approche de Béru, dépose avec solennité le trousseau sur son burlingue.

– Tenez ! Elles sont à vous, monsieur Bérurier.

Mesurant notre stupéfaction, Blanc déploie un baveux. Il s'agit d'une édition spéciale du *Parisien*. Une photo d'Alexandre avec Alycia en arrière-plan s'étale en une, surmontée d'une manchette et d'un sous-titre :

GILBERT LANDOFF ASSASSINÉ CETTE NUIT
Son successeur déjà désigné

À l'ordinaire, lorsque Gradub pâlit, son derme se pare de la teinte du jambon d'York ou des pommettes d'une jouvencelle à qui tu cajoles la noix de cajou. Là, ses bajoues deviennent d'un blanc Omo qui se reconnaît même au toucher, comme on disait antan.

Il se met à bredouiller :

– Ah non… non ! J'y… j'y crois pas ! Les limites dépassent les bornes ! Je pensais à un cas-nullard ! Mais si c'est dans l'*Parisien*…

Je lui viens à la rescousse :

– Tu n'auras qu'à démentir, ce soir, avec les journalistes.

– Je vais me gêner, oui ! Et l'Alycia, pour que j'la saute, doré-de-l'avant, faudra qu'elle m'supliasse à genoux sur du verre pilé ! Et cependance, ses rondeurs m'portent aux sens.

– Remarque, tu ferais un chouette président ! se marre mon lardon.

– C'est vrai, surenchérit Jérémie. Xéno, poujado, facho, ballot, blaireau : tu rassembles tous les ingrédients pour séduire le populo.

– Tu as oublié : analphabête, abruti, bourru, andouille, bestial, bois-sans-soif, bouffi, adipeux, pétomane, poussah, vorace, priapique, ignare et vaniteux, complété-je. Mais aussi : valeureux, altruiste, bonne pomme, débonnaire, invulnérable, jovial, fidèle et triomphant.

– P't'êt' ben que j'ressemble à tout ça, consent Béru, mais pas question qu'j'me lance en politique !

– Tu t'es pourtant déjà présenté à la députation, lui rappelle Antoine.

– Un jour que j'étais pinté ! Là, j'sus quasiment à jeun, après un misérable litron d'muscadet.

– Dommage, on aurait bien rigolé ! lâche perfidement notre black Blanc. Bon ! J'en ai pas fini, avec mon rapport.

Si vous voulez bien m'écouter encore cinq minutes.

– Joue pas les pleureuses, Blanche-Neige, on t'ouït, en tout cas, moi oui !

– Au cours de la perquise, on a déniché un coffiot, bien planqué derrière trente centimètres de béton, mais aucun objet métallique n'échappe à nos nouveaux détecteurs. À l'intérieur il y avait du pognon, rien que du pognon. Vous savez combien ?

– Comment voudrais-tu qu'on l'susse, Bananas ?

– Un million d'euros ! Inutile de vous dire que je l'ai laissé en place.

– Putain ! Il était aux as, le ministre ! souligne Antoine.

– Tous les partis possèdent leurs fonds secrets, le tempéré-je.

– C'est même une somme dérisoire, pour entreprendre une campagne présidentielle un peu sérieuse, convient Jérémie. Le scoop n'est pas là. J'ai inspecté les liasses. Le numéro de chaque bifton commence par P22. Ce chiffre m'a interpellé. 22, ça se retient, chez les flics !

– Ou l'22 à Asnières ! ajoute le Gros.

– C'est quoi, le 22 à Asnières ?

– Tu connais pas Fernand Raynaud, Toinet ? Qu'est-ce qu'on t'a appris à l'école ?

– L'oubli de nos idoles contribue à creuser le fossé entre les générations, de-comptoir-philosophé-je.

Agacé par la digression, le commissaire Blanc nous assène brusquement son info :

– J'ai vérifié : les billets de Landoff appartiennent à la même série que ceux du magot de Mustapha !

Silence dans les rangs, bientôt trahi par mon rejeton :

– Peut-être le hasard ? Il fait parfois mal les choses et nous enduit d'erreur, comme dit tonton Béru.

– Non ! Dans le butin du braqueur, certaines liasses portent des numéros antérieurs à ceux du coffre, d'autres des numéros postérieurs. Tout ce pognon provenait bien d'un même lot.

Pour ne pas dévaloriser la découverte de Jérémie, je m'abstiens de leur livrer pour l'instant le fond de ma gamberge. Mais à toi, je n'ai rien à cacher.

Alors, sache que je ne suis pas autrement surpris que les deux affaires Mustapha et Landoff soient quelque part liées.

Réfléchis un brin, toi qui possèdes les mêmes indices que moi, si tu m'as lu avec attention !

Où le ministre, se sachant traqué, est-il allé se réfugier cette nuit ?

Dans un night-club appartenant au truand.

Ma décision fuse :

– Béru, écoute-moi bien : tu vas continuer à jouer le jeu du candidat à la présidentielle. Ça peut être utile à notre enquête d'immerger un sous-marin en politique.

13

– Solution contrepet 5 –

tnepmop sellif sel euq xueim tuav li
,tnengias selle dnauQ

Pinuche a rallié le gros de la troupe. Blazer bleu croisé, futal de flanelle grise, pull en cachemire sur un polo Lacoste, il est fringant, l'ancêtre, dans les fringues de son époque faste.

Béru vient d'amener Mustapha. Après une tartine d'heures au placard, il n'est pas coruscant, le truand. Les fripes froissées, la mine fripée, le teint miné, seul son œil d'autour frime encore. Il avise notre doyen, esquisse un sourire blet :

– Il est encore dans la police, ce vieux machin ? Je comprends que les marlous se la coulent douce. Tout ce qu'il peut attraper, ce débris, c'est une bronchite.

Béru se rembrunit :

– Si tu veux lui coller une mandale, César, t'gêne surtout pas !

– Tu sais bien que je suis hostile aux châtiments corporels.

– Si tu l'sens pas, j'peux l'faire à ta place. Moi, l'dernier mec qui m'a causé suce thon, il est d'venu mannequin pour les knackis Herta !

– Inutile. Au fond de lui, cet homme sait bien ce qu'il vaut, et c'est la pire des punitions.

Pour la première fois, le malfrat baisse les yeux. Puis les relève aussitôt pour nous détailler un à un. Notre présence en force l'intrigue. Outre le Gravos et notre bon Pinochet, Jérémie, Toinet et Amélie sont de la partie.

– Vous allez m'anoncer mon exécution capitale ? ricane Mustapha.

– Tu brûles ! répliqué-je. Elle a failli avoir lieu. Ton portable était piégé.

– Je n'ai pas de portable.

– Ne nie pas l'évidence, intervient Antoine, je l'ai trouvé sur toi quand on t'a agrafé.

– Il était pas à moi.

– Alors, comment a-t-il atterri dans tes fouilles ? insiste mon fiston.

– C'est un copain qui me l'a refilé.

– Je vois, opine le commissaire Blanc, avant de monter sur un coup vous vous procurez des téléphones sécurisés pour pouvoir communiquer sans risque d'être écoutés par les flics et pour vous retrouver après le casse.

– Je ne m'en suis jamais servi.

– Et tu as bien fait, dis-je. Il était peut-être sécurisé, mais farci d'explosif. Sitôt que tu l'aurais bidouillé, il t'aurait pété à la gueule.

Je scrute le dur. Il sait maîtriser ses émotions, l'animal. Une ombre voile un instant son regard sans en éteindre l'ardeur, comme un grand oiseau passe dans le ciel sans pour autant masquer le soleil.

– Je suppose que c'est l'un de tes complices qui te l'a gentiment offert, continué-je. Tu as eu raison de les liquider, c'étaient pas des mecs fiables.

Mustapha ne moufte pas. Pinuche met à profit le temps mort pour faire circuler une boîte de rochers Ferrero. Chacun refuse l'offrande, à l'exception du Goinfrissime qui s'en tire une salve dans le corgnolon.

– J'ai une mauvaise nouvelle à t'annoncer, reprends-je. Gilbert Landoff est mort.

– L'ancien ministre ?

– Assassiné cette nuit.

– Dommage pour lui, mais en quoi ça me concerne? J'ai un alibi béton, non ?

– Sans doute, mais tu as quand même perdu un bon client. Tu le reverras plus au *Bistouquet*.

– C'est aimable, de vous inquiéter pour mon chiffre d'affaires.

– Tu le connaissais bien ?

– Comme ci, comme ça : bonjour bonsoir.

– Si tu offres un million cash à tous les mecs que tu salues, persifle Jérémie, on a des raisons de s'inquiéter pour ton patrimoine.

– Je pige rien à ce que vous déblatérez.

– Tu as filé une patate, soit un quart de ton magot, à Landoff, poursuit le Black. On a trouvé le pognon dans son coffre.

– Il peut planquer du carbure sans que ça soit le mien.

– Le tien… faut le dire vite !

– Enfin, je me comprends.

– Nous, on comprendrait mieux si tu nous disais à qui tu as chouré l'oseille ! lancé-je. Et à force de comprendre, on pourrait même devenir compréhensifs.

Pas besoin d'avoir fait psycho pour deviner une porte entrouverte. Bestiole à sang froid, Mustapha ne laisse rien paraître de son intérêt. Il clappe à plusieurs reprises :

– Voilà vingt-quatre heures que j'ai rien avalé, fait-il, du reproche dans l'intonation. Vous pourriez au moins me donner à boire.

Amélie va lui servir un verre d'eau minérale.

– T'es bien charitab', ma cocotte, maugrée l'Enflure. S'il était resté dans son bled, le puits serait à douze bornes et il envoierait sa mouquère chercher la flotte a'ec un seau sur la tête !

Le truand avale son glass de Vittel d'un trait, libère un soupir de satisfaction.

– Merci, Madame. Vous aviez une proposition à me faire, Commissaire ?

Tant de flegme et d'impertinence me fout le grand sympathique en pelote. L'envie me démange de lui coudre un hachis de piments frais sous la peau des couilles. Je la réfrène, adopte même un discours conciliateur :

– Je me disais que les deux voyous plombés dans la bagnole cramée, tu y étais peut-être pour rien. Si on ne cherche pas de preuve, on ne risque pas d'en trouver. Et si des fois tu y étais pour quelque chose, après tout, ils avaient l'intention de te pulvériser, avec leur téléphone truffé. On pourrait baptiser ça de la légitime défense préventive, avec un brin d'indulgence.

Mustapha hoche la calebasse pour marquer son approbation :

– Vous parlez d'or, Commissaire. Mais… reste le fric-frac que vous essayez de m'attribuer alors que vous n'avez pas de preuve non plus. Il y a quoi, dans le dossier, en fait ? Un peu d'artiche que je mettais de côté pour mes vieux jours. C'est pas bézef !

Le Mastard bondit, le poing rageur. Jérémie et Toinet s'interposent entre le braqueur et lui.

– Y manque pas d'air, l'métèque ! On lu propose de biffer deux meurtres d'son palmarès et y fait la fine mouche ! Non, mais tu veux quoi, en rab ? Les palmes académistes ? Un abonnement au gaz ? Un livret d'Caisse d'épargne ? Une crêpe à la Chand'leur ou l'cul d'ma rombière ?

Amélie se lèvre brusquement, chuchote à l'oreille de Pinaud et sort en claquant la lourde.

– Qu'est-ce qu'elle a ? s'inquiète mon fils.

Le Fossile grimace :

– Elle est choquée qu'on accepte de marchander avec une racaille de cette espèce. Laisse, je vais essayer de la calmer.

Il quitte à son tour la pièce en emportant sa boîte de chocolats afin de la soustraire à la convoitise béruréenne.

Je laisse la soupe au lait retomber dans la casserole avant de reprendre le crachoir. J'en reviens ex abrupto au vouvoiement :

– Mon adjoint a raison, vous êtes trop exigeant, Monsieur Ras el Hattouf. Si vous nous racontez tout, on ne parle que du casse au juge d'instruction. On n'établit aucun lien avec la double exécution des Yvelines.

Mustapha secoue négativement la tête :

– Avec mes antécédents, même pour un casse, je vais écoper de dix piges ; c'est long, à mon âge.

– Moins que perpète, non ?

– Allez vous faire dorer ! J'ai rien à rajouter.

Coriace, le zigoto ! Tu ne voudrais quand même pas que je lui fasse cadeau de toutes ses prestations criminelles en échange d'une info ?

L'aimable César opère un retour discret, une moue amère aux coins des lèvres :

– Elle est vraiment furibonde ! Enfin… Et lui, il a causé ?

– Macache ! gronde Alexandre. Si qu'on me le confiserait ne fussait-ce que cinq petites minutes…

– Allez, tu le rembarques au cachot ! tranché-je. Et sans voies de fait ! Jérémie va t'accompagner.

Pinuche déplie un de ses rochers, le tend au malfrat.

– Un petit chocolat, pour la route ?

– Non, mais ça va pas, la tête ? mugit Béru. Tu r'deviens gaga !

Dans le dos du prévenu, le Viocard m'adresse un clin d'œil furtif.

– Laisse cette âme charitable accomplir sa B.A. !

Tenaillé par la dalle, le taulard gobe la friandise sans se faire prier.

– Putain ! Ils sont dégueulasses, vos rochers ! dit-il en grimaçant. Vous ferez pas mes compliments à m'sieur l'Ambassadeur.

Il se tait. Son faciès se crispe. Il libère un cri de chien battu.

– Waaa ! Oh, mon bide ! Haaa !

– Ça ne va pas ? demandé-je.

La gars se plie en deux.

– C'est comme des... coups de poignard... dans le ventre... Haaa !

Des gargouillis s'échappent de ses entrailles, suivis d'une sonorité de siphon en vidange. D'un coup, il se met à déféquer.

– Oh... merde !... Merde !... gémit-il.

Un qui se torboyaute, c'est le Gravos :

– Regardez un peu ! Ça veut jouer les terreurs et ça s'chie dessus !

– Haaa... Fumiers ! Vous m'avez... haaa... emboconé... avec vot' chocolat... Haaa.

Primesautier, Pinaud va ouvrir la porte du burlingue. Amélie se tenait derrière, une seringue à la main. Elle s'avance vers Mustapha, lequel vient de chuter de sa chaise et se tortille au sol en continuant de se vider.

D'un timbre enjoué, la reine du labo nous fournit l'explication que nous escomptions :

– Je savais que cet individu refuserait de coopérer. L'idée m'est venue quand je lui ai donné à boire, mais mon produit est trop amer pour être administré dans de l'eau. À l'intérieur d'un chocolat, ça passe.

– De quoi s'agit-il ? m'informé-je.

– Le nom savant ne vous dirait rien, mais cette molécule déclenche une pancréatite aiguë si violente qu'elle provoque la mort du sujet en moins d'une heure.

Devant notre hébétude, elle se hâte d'ajouter :

– À moins que l'antidote ne soit administré dans le quart d'heure qui suit l'ingestion.

Elle se penche sur le truand geignant et gigotant dans une flaque de déjections.

– Il ne vous reste que douze minutes, Monsieur.

– Sa...salope ! parvient à articuler l'homme à terre.

– Chérie, tu es sûre qu'on ne risque pas d'ennuis, s'il clabote ? feint de s'alarmer Toinet.

– Aucun souci : la substance est indécelable. Le légiste conclura à une défaillance du pancréas. C'est un peu comme ça qu'est mort Steve Jobs, mais en plusieurs années, pas en quelques minutes.

Ras el Hattouf parvient à se redresser sur un coude.

– Faites-moi... la piqûre... et je parle..., supplie-t-il.

– Non. Tu parles d'abord, et puis on te fait la piqûre, rectifié-je

Il rameute ses ultimes forces pour nous insulter :

– Vous êtes... un ramassis de pourris, des enviandés... de flics, des... enculés de votre... race...

Je tapote ma tocante :

– Tu achèveras notre panégyrique plus tard : la trotteuse galope. Je t'écoute.

Alors, Mustapha s'affale. Il nous déballe son historiette sans plus de résistance.

Le scénario n'est pas tout à fait conforme à celui que nous avions imaginé. La confession du cador, entrecoupée de halètements et de couinements de souffrance, étant pénible à esgourder, je préfère t'en balancer la synthèse.

Il y a environ une semaine, Gilbert Landoff est venu prendre un pot au *Bistouquet*, tard dans la soirée. Le taulier est passé le saluer. L'ancien ministre lui a demandé de s'asseoir et lui a fait part d'une préoccupation qui le taraudait. Le propriétaire d'un grand laboratoire pharmaceutique pour lequel il avait travaillé des années auparavant était déterminé à soutenir sa campagne. Il lui proposait même une importante somme d'argent à titre d'à-valoir. Il misait soit sur l'accession de Landoff à la magistrature suprême, soit, plus vraisemblablement, à son ralliement pour le second tour au candidat le mieux placé, et l'obtention à la clé d'un portefeuille ministériel majeur.

Cependant, il ne fallait pas s'y tromper, cette offre ne relevait pas du mécénat, plutôt d'un chantage déguisé. En contrepartie de ce soutien financier,

Pierre-Loup Cervyl, le big-boss de la boîte, exigeait l'engagement de Gilbert à peser de son poids politique pour que sa société obtienne un non-lieu dans l'embarrassante affaire du Prédator.

Le ministre avait aussitôt tenté de refuser l'argent et toute idée de compromission. L'incitation avait alors monté d'un cran. Si Gilbert ne se soumettait pas, un dossier prouvant son implication lors de la mise sur le marché du Prédator serait communiqué à la presse. Ce dossier mentionnerait aussi les pressions qu'il avait exercées sur d'autres hommes politiques en place à l'époque. S'il jouait le jeu, il repartait avec le fric et le dossier serait détruit. Il avait capitulé, mais ne souhaitait pas se laisser happer par l'engrenage.

Landoff a alors formulé une requête extravagante dans la bouche d'un homme jouissant d'un pareil statut social : il a demandé à Mustapha de récupérer les documents compromettants. Il connaissait son pedigree, le croyait capable de mener à bien cette mission.

Pour en avoir vu sortir le dossier aussi bien que l'argent qui lui avait été remis, le ministre savait où Cervyl dissimulait son coffre-fort. Outre les papiers qui l'intéressaient, il renfermait également un gros paquet de fric. Quelques millions, à vue de nez. Ils constitueraient son dédommagement. Le coup serait facile à exécuter pour un lascar de sa trempe. Marché conclu.

Sur le mode opératoire du casse, Ras el Hattouf est resté silencieux. Pas une allusion non plus à d'éventuelles complicités.

La première question, au terme de la déposition, fuse du gosier de Toinet :

– On sait où est le fric, préambule-t-il en désignant l'armoire de mon bureau, mais où se trouvent les documents ?

– Je les… ai remis… à… Landoff, comme… convenu, articule péniblement le cacateur demi-mondain, exténué.

– Il les a probablement détruits, suggère Pinaud. Quel intérêt avait-il à les conserver ? Même habilement planqués, ils n'étaient pas à l'abri d'une découverte inopinée. On perdrait notre temps à les rechercher.

– James Bond dans ton bon sens ! approuve le Gravos. Mais c'est pas tout ça, faut que j'me trisse.

– Je croyais que c'était ce soir, ta conférence de presse ? tiqué-je.

– À dix-huit heures trente, mais Alycia veut me voir avant pour un p'tit « briffing », qu'elle a dit. Briffer, ça veut dire bouffer ; tu crois qu'elle parlait d'un r'pas ou d'une turlute ?

– Un briefing est une réunion de travail, corrige Toinet. Elle veut sûrement te conditionner pour la rencontre avec les journalistes.

– Surtout, reste naturel, conseille Jérémie. Réponds comme quand tu bavardes au comptoir chez Maumau. (Tandis que le Majestueux s'évacue, il en revient au boulot.) En tout cas, il est clair que si Pierre-Loup Cervyl n'a pas déclaré le vol, c'est qu'il était incapable de justifier la provenance de ce pognon. Sa fortune est telle qu'il a préféré s'asseoir sur quatre briques plutôt que de voir le fisc glisser le museau dans ses comptes.

– Et ma piqûre… on me la fait ? s'impatiente Mustapha.

Amélie s'agenouille auprès de lui, seringue en main. Elle presse le piston. Un jet de liquide gicle sur le visage du truand.

– De l'eau ! Rien que de l'eau, s'amuse-t-elle. Il n'y a pas d'antidote à ce que je vous ai administré.

– Alors, je vais crever ?

– Mais non, vieille canaille ! C'est juste un laxatif surpuissant que vous avez avalé. Ça va passer tout seul. Vous n'aurez plus qu'à prendre une bonne douche pour être présentable devant le juge d'instruction !

Réaction imprévisible : le dur des durs éclate d'un rire mêlé de toussotements.

– Ha ha ! Me laisser baiser par une gonzesse ! Juste retour des choses, au fond...

De savoir la potion ingurgitée non létale le renfloue au physique comme au mental.

– Mais le plus baisé des deux, poursuit-il, c'est encore vous, Commissaire ! Parce que vous allez être obligé de me libérer.

J'esquive les regards de mes subordonnés.

– Je sais, avoué-je.

14

– Contrepet 6 –

J'ai dégusté une menthe à Forbach

Solution chapitre quinze

Les odeurs, quand on les a en mémoire, c'est comme les ritournelles, on n'arrive plus à s'en débarrasser. J'ai beau me rabâcher que Mustapha a été décrotté, douché, aspergé d'eau de toilette, et qu'on lui a dégoté des fringues neuves, j'ai l'impression qu'il continue à chlinguer les goguenots de caserne et qu'il emboucane ma Volvo. Ce n'est qu'illusion du pif, mirage olfactif.

Je tourne la clé de contact et démarre en souplesse. Installé sur le siège passager, le truand n'a pas omis de boucler sa ceinture de sécurité. C'est l'une des rares réglementations qu'il respecte.

– Pourquoi vous tenez tant à me raccompagner ? fait-il, dubitatif.

– Parce que j'ai envie de découvrir ton petit chez-toi. Alors ? Quelle direction ?

Il hésite :

– Vous savez, dans mon bizness, on n'a pas qu'une seule crèche. Le plus simple, c'est que vous me déposiez au *Bistouquet*, puisque vous connaissez.

– Je veux allez là où tu as planqué le dossier chouré chez Cervyl.

– Je vous l'ai dit, je l'ai remis à Landoff.

– Me fais pas croire qu'une arsouille dans ton genre n'en a pas fait une copie pour avoir barre sur le ministre.

– Je suis pas maître-chanteur.

– Tu as d'autres qualités, mais avec ces documents bien au chaud chez toi, Gilbert n'aurait pas pu te refuser un coup de pouce, en cas de pépin avec les bourdilles.

Le pressentant en voie de tergiversation, une rogne féroce m'empare :

– Écoute-moi bien, sac à merde ! D'accord, on m'a forcé la main pour ta libération, mais quitte à bousiller ma carrière, si tu ne me files pas tout de suite ces papelards, je t'embarque chez un juge d'instruction ! Et j'en connais qui ne sont pas aux ordres du pouvoir !

Cette fois, il a pigé qui c'est Raoul.

– On va dans le quinzième, décide-t-il, rue de Lourmel. (Il attend que mon courroux s'estompe.) Remarquez, je conçois que ça vous foute les boules, d'être obligé de relâcher un type comme moi dans la nature. Mais si ça peut vous consoler, Commissaire, j'ai décidé de raccrocher. Je vais fourguer le *Bistouquet*, plus mes clandés et mes flambes, c'est pas les acquéreurs qui manquent, vu le peu de confiance qu'on a dans les banques. Et puis, avec l'oseille, j'irai m'acheter un petit hôtel sur le golfe de Tarente, dans les Pouilles. Ma mère vit là-bas et elle commence à se faire vioque, c'est le temps d'en profiter.

– Elle t'est venue d'un seul coup, cette vocation pantouflarde ?

– Cette nuit, dans ma cellule.

– Tu étais donc si sûr de sortir du trou ? m'étonné-je.

– À peu près. Je me doutais que ce que j'avais à raconter sur les magouilles d'un candidat à la présidentielle, personne n'avait envie de l'entendre en ce moment. Surtout pas les gens en place.

Chemin causant, nous sommes arrivés à destination.

– C'est là ! Garez-vous sur le berceau, me conseille Mustapha, y a jamais personne qui sort de cette cour. Et puis, vous savez comment faire sauter les P.-V., non ?

L'appartement est un ancien logement de concierge donnant sur la rue et sur un hall borgne et craspouille. Bien que condamné, le guichet au travers duquel la pipelette tendait le courrier et repérait les couples adultères est encore visible.

– Faites pas attention au désordre, je viens pas souvent ici, alors, le ménage…

On ne peut pas dire que la coquetterie règne dans ce studio. L'agencement est spartiate : un guéridon de bistro, deux chaises dépaillées, une armoire à glace Henri XII et un pucier au dessus-de-lit auréolé de suintements variés. Côté sanitaires, un lavabo sur pied fêlé et un chiottard plus jaunasse que les ratiches de Béru occupent un recoin. Ajoute un réchaud de camping, trois casseroles suspendues à des clous et un frigo entrebâillé, t'auras un aperçu de ce petit nid d'amour.

Machinalement, Mustapha va écarter le voilage de l'unique fenêtre, jette un œil furtif sur la rue : comportement méfiant propre à tous les gonziers en bisbille avec la flicaille.

– Je peux bien vous le confier, Commissaire, maintenant que je vais me ranger des voitures, c'est ici que je me mettais au vert après un casse ou un braquage. Je suis jamais entré par la porte, comme on vient de le faire.

– Par la fenêtre, c'est encore moins discret, blagué-je.

– J'ai une cave juste en dessous, m'explique-t-il, franco de port, et cette cave donne sur une autre cave de l'immeuble voisin. De cette seconde cave, on accède au parking qui débouche sur une rue adjacente.

Il repousse du pied une carpette élimée. Dessous, le parquet a été découpé pour ménager une trappe.

– C'est là que j'ai planqué le dossier.

Il s'agenouille, glisse les doigts dans une encoche et soulève le battant. D'un mouvement impromptu, son autre main ressort, prolongée d'un pétard. Pas le joujou nacré pour cocue vengeresse de boulevard, un chouette Luger P08 9 mm parabellum, indémodable. L'arme est munie d'un silencieux.

En confidence, je ne m'attendais pas à ce coup de Jarnac.

– Ho, Mustapha, tu sais ce qu'il en coûte de braquer un matuche ? tenté-je de le raisonner en reculant de trois pas.

– T'as les foies, Poulet ? Ça me plairait que tu chies à ton tour dans ton froc !

– Ton numéro de repenti, c'était donc du bidon !

– Je t'ai bien entortillé, non ?

– Le petit couplet sur ta vieille mère m'a paru sincère.

– Y a plus de dix piges qu'elle est cannée.

– De chagrin, je présume, ou de honte ?

– D'un cancer, comme tout le monde.

Nouveau pas en arrière… mon dos heurte le frigo.

– À part le goût de la vengeance, je ne comprends pas ton attitude. En me refroidissant, tu vas te retrouver avec toute la volaille aux trousses, alors que tu étais libre.

– Pas vraiment. Le dossier que vous réclamez, je l'ai pas. J'ai pas fait de double. Les documents en question, c'était pas du papelard, mais une disquette. Autant je sais m'expliquer avec un coffiot, autant en informatique je suis bon à nib.

– Je te crois, c'est pas grave, argumenté-je. Je te laisse filer et on n'en parle plus !

– Trop tard. Mais, avant qu'on se quitte, je voudrais savoir qui m'a balancé. En échange, je te plomberai propre, entre les deux yeux.

– Personne t'a balancé. On te filochait.

– Arrête tes charres ! grince-t-il. C'est ce Léo, non ?

– Qui est Léo ?

– Tu le sais très bien : l'adjoint de Landoff. Je le sens pas, ce mec. C'est lui qui est venu au rendez-vous récupérer le dossier. Son boss était soi-disant en meeting. Ça m'a pas plu.

Au fond de ma gorge, une boule m'obstrue la trachée, comme si j'avais avalé tout rond une burne de Béru. J'essaie de gagner du temps :

– C'est quelqu'un d'autre qui t'a donné.

– Qui ???

– Je te le dirai si tu déposes ton arme.

– Tu me prends vraiment pour un cave ! T'espères quoi ? L'arrivée de tes copains ?

– Quels copains ?

– Ceux qui nous filochaient dans la grosse bagnole noire. Tu crois que je l'ai pas remarquée, depuis le départ ? Mais t'as raison, ils pourraient s'impatienter et rappliquer…

Son regard s'enflamme. Je sais qu'il va tirer. S'il faut crever, autant que ce soit la queue à la main. D'un geste éclair, j'attrape une casserole, l'expédie en direction de Mustapha à l'instant où il envoie le potage. J'esgourde une sonorité de gong : la balle a ricoché sur la gamelle et s'est logée dans le plaftard. Je plonge à terre, roule en direction du plumard.

J'attends l'inéluctable et fatal second tir. C'est un fracas de verre qui me pousse à jeter un cil dans la pièce. Un carreau de la fenêtre a été pulvérisé. Le calibre au bout de son bras pendant, le truand titube, l'air hébété. Puis il s'effondre à plat ventre, un trou sanguinolent au niveau de l'occiput.

Côté rue, une voiture démarre dans un crissement de pneus.

15

– Solution contrepet 6 –

shcabrom à etnef enu étsugéd ia'J

Le salon Pompadour de l'hôtel Lucrécia est déjà aux trois quarts achalandé. Certains invités ont pris siège, d'autres devisent, amassés par petits groupes. Au détour des conversations, j'identifie des voix radiophoniques célèbres, remarque des chroniqueurs arborant la condescendance que confère le label « vu à la télé ». Moins pérorants, puisque moins médiatisés, les plumitifs affûtent néanmoins la pointe de leur stylo. Le gratin de la presse spécialisée semble s'être mobilisé, déterminé à lacérer cet inconnu qui force la porte de leur microcosme, ce parachuté tombé de nulle part, ce chien dans un jeu de quilles parfaitement ordonnées, ce novillo qui ose venir affronter les matadors debout dans l'arène politique.

Il va se faire tailler en carpaccio, le Gravos, et peut-être même en tartare. Je suis saisi de remords pour l'avoir laissé, et même encouragé à se prêter à cette pantalonnade. Une réunion d'une telle envergure n'était pas prévisible. Je n'imaginais que quelques gratte-papier en mal de copie pour s'intéresser à un événement aussi riquiqui. L'envie me prend de tout stopper pendant qu'il en est encore temps.

Béru n'est pas encore arrivé. Se ferait-il désirer telle une star, ou le tracsir est-il en train de le pétrifier ? Sur l'estrade, assise derrière une table bardée de micros, Alycia est seule en piste. Une banderole portant l'inscription « P.J. PARTI POUR LA JUSTICE » est tendue dans son dos. Histoire de se donner contenance, miss Landoff feint de relire un dossier et de l'annoter, ignorant la meute des photographes qui forment grappe autour d'elle et l'immortalisent, face et profil.

Pinuche – qui m'a accompagné, j'ai oublié de te le signaler tant il est silencieux et réservé – me tire par la manche :

– Il va faire recette, notre Alexandre ! s'émerveille-t-il. Et rien que du beau linge. Regarde, là-bas, c'est Jean-Pierre Ilrabbach… Et la jolie brune qui bavarde avec lui, je ne sais plus son nom, mais c'est la journaliste qui ne pouvait pas pifer Mitterrand. Elle prononçait « Mitrand » !

La Vieillasse sur les talons, je me faufile jusqu'à Alycia. Elle m'avise, m'adresse un sourire forcé.

– C'est gentil d'être venu soutenir votre camarade, Commissaire.

– Justement, je crois qu'il serait judicieux d'annuler la représentation.

– Vous plaisantez ?

– Je sens que ça va tourner à la mascarade.

– Détrompez-vous ! Alexandre est parfaitement conscient de l'enjeu. Avec son parler-vrai, il est l'homme de la situation. L'unique à pouvoir éviter la déconfiture du P.J.

– Au prix de ridiculiser la P.J. !

– Accordez-lui votre confiance. De toute manière, il est trop tard. Une reculade serait catastrophique.

– La demoiselle a raison, Antoine, énonce timidement l'Ancêtre, il faut avoir foi en Béru.

Un rien désemparé, un sentiment de culpabilité chevillé à l'âme, je décide de laisser flotter les rubans. Advienne que pourra, les dés roulent, qui vivra verra, le sort en est jeté, l'avenir nous le dira… Ces poncifs qui me hantent le caberlot résument ma piètre efficience et ma résignation momentanée.

Je me dirige vers le premier rang de sièges où Gaétane Landoff vient de prendre place. Tailleur Chanel dans les gris souris, elle porte le deuil avec élégance et sobriété, la veuve. Une jeune et grande femme noire est assise à ses côtés, mains posées sur ses genoux serrés. Un malabar du service de sécurité dissuade tout importun d'approcher, surtout s'il trimbale un Nikon en sautoir.

Je présente ma carte au gorille qui s'écarte respectueusement. Je me plante devant la femme, incline le buste :

– C'est courageux, Madame, d'affronter le public et la presse en pareille circonstance.

– C'est courageux à vous, Monsieur, d'oser m'aborder après ce drame affreux, réplique-t-elle en me toisant.

– Me tiendriez-vous pour responsable de la mort de votre mari ? demandé-je.

Mon aplomb ébranle sa morgue :

– C'est peut-être injuste, mais, au fond de moi, je vous en veux, oui.

– Je comprends votre rancœur. Cela dit, vous m'aviez chargé de veiller sur vos filles. Même si l'une est encore à l'hôpital, ce fut fait. Si j'avais été au courant de l'existence de…

– … de la bâtarde ! coupe Gaétane.

– … enfin, de cette Richelieuse, j'aurais pris d'autres dispositions, et votre époux serait probablement encore en vie.

La veuve libère un long soupir :

– Sans abolir mon chagrin, la révélation de la double vie de Gilbert le teinte de rage et d'un soupçon de haine qui le rendent plus supportable.

Elle me tend la main, je la lui baise.

– Excusez mon accueil un peu froid, Commissaire. (Elle me virgule un regard en coulisse, assorti d'un frémissement de ses labiales silicone-carnées.) Passez à la maison un jour prochain, j'essaierai de me faire pardonner. (Elle désigne la Black qui l'escorte.) Fati prépare un sublime thé touareg.

L'employée m'accorde un cil furtif empreint de pudeur, voire de pudibonderie. Dieu – surnommé Allah par chez elle – sait qu'ils sont admirables, ses yeux, dessinés en amande, d'un ocre tirant sur le vert. Hélas, elle les rebaisse bien vite. Elle a noué un foulard sans ostentation sur sa chevelure décrêpée et porte un long manteau de lainage bleu nuit. Parole, si elle ne servait pas de bonniche chez des vieux cathos, elle pourrait faire la couverture des magazines people, cette orchidée noire. En aparté, je me susurre que je préférerais qu'on inverse les rôles : me poinçonner l'ancillaire pendant que la vioque nous confectionnerait un thé Lipton.

Pour en finir avec les civilités, je présente Pinaud, inspecteur honoraire et l'un des plus fins limiers de la police criminelle. Au cours de son baise-main, le Débris dépose son râtelier sur la mimine de la veuve, se hâte de le réaspirer.

– Mon adjoint va vous tenir un instant compagnie, Madame Landoff. Moi, je suis à la recherche d'un certain Léo qui travaillait avec votre mari.

– Léo Fouarasse ?

– Sans doute. Il est ici ?

– Bien évidemment : il était le bras droit de Gilbert, son vice-président.

– Pourriez-vous me le désigner discrètement ?

Gaétane se retourne, se déhanche et finit par repérer sa proie :

– Au huit ou dixième rang à droite, un brun de taille moyenne, la quarantaine, avec une veste de tweed, marmonne-t-elle d'un ton conspirateur.

– Et un pull à col roulé vert ?

– Exact.

– Et le garçon qui vient de s'asseoir près de lui ?

Nouveau torticolis de la veuve pardessus son épaule :

– Le jeune Beur ? C'est monsieur Matthuey. Omar est le trésorier de notre parti.

Le salon Pompadour achevant de se remplir, je me grouille d'aller déposer mon pétrousquin sur l'une des dernières chaises vacantes. La baraka étant enfin disposée à me faire du gringue, le siège libre est situé juste derrière ceux de Léo Fouarasse et Omar Matthuey. Inutile de te préciser que j'évase en grand mes écoutilles pour ne pas perdre une broque de leur converse.

Le Léo semble d'humeur signée furax.

– Elle a complètement pété les plombs ! l'entends-je rouscailler. Tu te rends compte ? Aller chercher un inconnu ! Même pas un adhérent du parti !

– Ah si ! rectifie son collègue. Alycia lui a pris sa carte cet après-midi et elle a payé la cotisation. Elle m'a demandé de l'antidater, mais j'ai refusé.

– T'as bien fait. Elle se croit vraiment tout permis !

– De toute façon, sur le registre, la magouille se serait vue, alors... Moi, je ne veux pas d'histoires avec le comité de direction.

– Ne m'en parle pas, du comité ! Ils mangeaient tous dans la main du père, ils vont manger dans la main de la fille.

– Qu'est-ce que tu veux faire, Léo ? C'est écrit noir sur blanc : en cas de décès ou de carence de Gilbert, Alycia assure la présidence du P.J. pour une durée d'un an, le temps d'organiser de nouvelles élections internes.

– On se demande à quoi sert un vice-président.

– Comme partout ; à inaugurer les chrysanthèmes.

– Pas de bol que les présidentielles tombent pendant cet intérim ! Parce que le candidat naturel pour remplacer Gilbert, c'est quand même moi, non ?

– Ouais, mais les statuts sont aussi précis que formels : c'est elle et elle seule qui est habilitée à désigner le candidat en l'absence de son père.

– Mais pourquoi est-elle allée choisir ce type-là ?

– Un coup de cœur, peut-être ?

– Un coup de cul, plutôt. Y a rien de plus imprévisible qu'une chaudasse en manque ! Je l'ai même jamais vu, ce type ! Et toi, Omar ?

– Si : tout à l'heure, sur la photo d'identité, pour sa carte d'adhérent.

– À quoi il ressemble ?

– À un gros plein de soupe.

– Même pas beau gosse ?

– Plutôt du genre débectant !

Je vois la main de Léo s'abattre énergiquement sur l'épaule d'Omar :

– Il va falloir choisir ton camp, Omar ! C'est lui ou moi. Parce que je te préviens, je n'ai pas abattu toutes mes cartes, et j'ai un bel atout dans ma manche. Alors ? Tu as trois secondes pour te décider...

Je n'entends pas la réponse sollicitée car une musique éclate fortissimo. Il s'agit d'un air fanfaronnant, sans doute l'hymne du Parti pour la Justice.

Les lumières de la salle s'éteignent. Un projo inonde de son faisceau l'arrière de l'estrade. Les décibels grimpent encore de quelques échelons à l'instant où se dessine la silhouette dodue du Gravos.

Tonnerre d'applaudissements orchestrés par les militants, moins forcenés chez ces messieurs de la presse politique, lesquels demeurent sur leur quant-à-eux (comme dit Béru, gladiateur de l'impossible).

Démarche altière, sourire en batterie, le Mastard vient se poster à l'avant-scène. Pas impressionné pour deux ronds, il écarte les brandillons en V gaullien. J'espère que sa valeureuse décontraction n'est pas due à une surcharge de la mule en vinasse !

La musique cesse, les lumières se rallument, Béru s'assied, Alycia proclame dans son micro :

– Mesdames et messieurs, je vous présente Alexandre-Benoît Bérurier, candidat officiel du Parti pour la Justice en suppléance de notre regretté Gilbert Landoff.

Nouveau castagnettage de paluches que Sa Redondance salue d'un geste de prélat accordant une bénédiction collective à une quarantaine de lépreux.

Alycia reprend brièvement la parole :

– Avant de vous livrer cet homme en pâture, je tiens à préciser une chose : l'enquête sur l'assassinat de mon père est en cours. En conséquence, nous ne répondrons à aucune question sur le sujet. Je cède donc la parole à Monsieur Bérurier.

La Gonfle approche ses lèvres goulues du micro, comme s'il s'apprêtait à le sucer à la façon d'un cornet de glace. Sans se départir d'une banane franche et massive, il se lance :

– Mesdames, Mesd'moiselles, Messieurs et tous les autres, bien le bonsoir et merci d'être venus. Mais j'me fais pas d'illusions. J'sais bien que vous allez m'rentrer droit dans l'buffet. (Il se tapote la brioche.) Rassurez-vous, j'ai du répondant.

Quelques rires fusent dans la salle. Moi, j'ai le palpitant qui bat la chamade. Si j'assiste jusqu'au bout à la mise à mort de mon Béru, je suis candidat aussi, mais à l'infarctus. Je décide de mettre les adjas, d'autant plus que sur mon portable je viens de recevoir un texto me convoquant dans les plus brefs délais au ministère. Dos courbé, pour ne pas déranger l'assistance, je reviens au premier rang et récupère Pinaud. Il fait un peu la gueule de devoir se barrer. Il espérait assister in extenso à la prestation de son pote. J'hésite et finis par capituler :

– Tu as envie de rester ? Ben reste. Mais je vais te charger d'une mission.

– Avec plaisir, mon petit.

– Tu te rappelles l'homme que la veuve m'a désigné ?

– Léo Fouarasse, le vice-président du P.J. ? bien sûr. Souviens-toi que mon

Alzheimer est guéri ! Enfin, pour l'instant.

– T'as raison, c'est moi qui ramollis de la pastèque. Tu l'as repéré, ce type ?

– Évidemment, tu étais assis derrière lui, tout à l'heure.

– Parfait. Alors, tu ne vas pas le lâcher d'une semelle. Prends-le en chasse à la fin de la conférence. Je veux connaître ses moindres faits et gestes. Tu te sens d'attaque pour le suivre ?

– Sans problème, acquiesce Lapinaud, frétillant de la moustache. La filoche, c'est comme le vélo, ça ne s'oublie pas.. Merci pour cette marque de confiance, Antoine.

– Comme tu n'es pas motorisé, je vais t'envoyer le gardien Moudulaar avec un véhicule banalisé. C'est le jeunot qui remplace Poilala. Il n'a pas plus de cerveau qu'un bigorneau enrhumé, mais il sait conduire : il a fait des rallyes.

Je m'esbigne au moment où la première question est posée au Mastard par le futé et redouté Alain Ducarhamel :

– Pensez-vous sérieusement récolter les cinq cents signatures nécessaires à votre candidature ? interroge-t-il de sa voix doucereuse.

Alycia murmure à l'oreille de l'Étalon, lequel ne paraît pas décontenancé et répond aussitôt :

– C'te bonne blague ! Je pourrais en avoir mille, si j'voudrais ! D'ailleurs, j'vais déjà passer parmi vous : une p'tite signature s'iouplaît, au bas d'un chèque d'préférence, parce qu'une campagne résidentielle, ça coûte un bras !

Une vague de rigolade ondule dans le salon. Cette intelligentsia se paye-t-elle la hure de Béru, ou s'amuse-t-elle de sa rafraîchissante cocasserie ?

À voir au chapitre suivant, que je lui abandonne cors et bedaine…

16

– Bérurier président ? –

Troisième étape

La troisième question est posée par un perfide sévissant dans un magazine à sensations :

– Monsieur Bérurier, que pensez-vous de l'affaire DSK ?

La Gonfle ne se déballonne pas :

– Ah ! J'vois que vous êtes un grosniqueur du ras de la touffe, vous ! Vous tombez pile-poil, j'suis pas non plus un manchot de la braguette, tel que vous m'voyez ! Quand la sève monte dans le tronc, faut pas l'enjuguler, sinon on s'rabougrit par la racine.

– Votre opinion sur l'histoire du Sofitel ? insiste le journaleux.

– Sofitel est pris qui croyait prendre ! rigole le Mastard.

– Croyez-vous au piège ? À la manipulation ?

– L'piège, non, mais la manupulation, c'est sûr. Quand la moquette dérouille, c'est qu'on a bien manipulé l'engin !

Marrade dans l'auditoire.

– Et pour les courtisanes du Carlton ?

– Pas mon problème ! Moi, personnellement, j'ai jamais carmé un sou vaillant pour une prostipute. C'est z'elles, en général, qui m'font du rentre-dedans. D'toute façon, j'ai pas les moyens, comme la plupart des érecteurs !

Quelques applaudissements saluent la saillie.

Alexandre se retourne vers Alycia qui le rassure d'une saccade mentonnière.

– Parfait, continuez sur ce registre.

Tranquillisé, la Gonfle sort une bouteille d'eau minérale de sa poche et s'en ingurge une bonne lampée. La fille Landoff renifle et tique :

– Elle a une drôle d'odeur, votre Volvic !

– Vous avez senti la pomme ? confirme l'interpellé. C'est un brouilleur de cul de Saint-Locdu qui la distille pour moi.

– Soyez raisonnable, quand-même.

Question suivante, émanant d'une éminence grise d'un baveux financier :

– Venons-en à des questions plus sérieuses, Monsieur Bérurier, vitupère-t-il : qu'envisagez-vous de faire face à la dégradation de notre triple A ?

– En revenant à la politique de l'andouille, on rattrapera vite un 5 A : AAAAA !

– Comment comptez-vous faire ? s'exlame le journaliste atterré.

– Facile ! En France, on est mal organisés ! On bosse trop, mais pas assez assez longtemps... J'esplique aux gens : les gars dans les usines, dans les hôtels, les infirmières, les toubibs, les chirurgiens, les ch'minots, les ratépistes, les gaziers, ceux d'édéeffe, et j'en passe, boulonnent trois cent soixante-six jours par an les années bisexuelles, huit jours par s'maine, vingt-cinq heures sur vingt-quatre ! Sans compter les péripatétichiennes ou les policiers que j'ai l'honneur d'appartenir ! Pourquoi t'est-ce que les autres fraient pas pareil ?

Les boutiques ouvertes d'minuit à minuit, le courrier qui arrive à trois plombes du mat', idem pour les garagistes, les artisans, les dépanneurs et les restaus, qu'on pusse manger jusqu'à plus soif du matin au soir et du soir au matin…

– Vous voulez replonger la France en esclavage, ou quoi ?

– Vous suivez pas c'que j'dis, cher M'sieur. Bien z'au contraire. Au lieu des trente-cinq heures, l'pékin ordinaire marnerait à peine trente heures chacun, mais y aurait du taf pour tout l'monde. Fini l'chômage, chacun pourrait croûter, claquer son pognon, et ça r'lancerait l'économie ! Point-barre ! Pour ce qui m'concerne, j'tiens à préciser qu'si je suis élu, j'irai pas crécher à l'Élysée-Maquignon, mais j'continuerai d'habiter dans mon trois pièces du dix-huitième, que je vivrai z'avec ma solde de poulardin qui suffit à mon bonheur, et le pèze de l'État restera bien au chaud dans nos caisses pour renflouer not'déficit abyssinal.

Une salve chaleureuse salue cette déclaration. Béru l'apaise d'un geste auguste. Aussitôt, le directeur de *Lire et Chansons* se dresse et harangue le Mastard :

– Savez-vous, Monsieur, ce qu'exprime Sartre dans *Les Mains sales* sur les hommes comme vous ?

– Non ! Et je m'en cogne, vu que j'me lave les pognes chaque fois que j'sors des goguenots, ou presque !

Ricanements.

Sébastien Le Mol, du *Figazero*, autre éditorialiste à prétentions de littératueur, s'engouffre hardiment dans la brèche :

– Monsieur Bérurier, vous semblez « trancher sur l'ordinaire », selon l'expression de Léautaud. Je présume que vous avez découvert cet auteur sur le tard ?

Le Gravos consulte brièvement Alycia, laquelle lui chuchote quelques syllabes dans la cage à balourdises. Il s'en revient flambard à son questionneur :

– Vaut mieux découvrir Léautaud sur le tard que Léotard sur le tôt, pas vrai ?

Les ricaneurs et la méchanceté changent de camp.

Transporté, Pinaud empoigne le bras de Gaétane Landoff :

– Il n'est pas génial, notre Béru ?

– Considérons-le plutôt comme atypique, cingle la veuve.

Livre quatrième

Le trouble est jeté

17

– Contrepet 7 –

Un bardeau un peu grêle flottait dans le confluent
Solution chapitre dix-huit

Le ministre jette son imper trempé sur un fauteuil, passe derrière son burlingue tarabiscoté, ouvre un tiroir, en sort un kleenex dont il essuie ses lunettes embuées.

– Je suis en retard, non ?

– Vous êtes tout excusé, heu... mon cher Claude, fayoté-je.

Le chef suprême de la poularderie grimace :

– Non, appelez-moi Monsieur le Ministre. Je ne suis pas d'humeur à copiner, ce soir.

Je ne laisse rien paraître de mon humiliation, enfouille l'affront sous mon mouchoir, y fais un nœud mental pour ne pas oublier de voter Béru au mois de mai prochain.

– Je vous écoute, Monsieur le Ministre.

Il joint les doigts sous son nez, paumes écartées, en un geste de prieur.

– J'ai lu attentivement le rapport que vous m'avez mailé concernant les pressions qu'aurait pu exercer un certain groupe pharmaceutique sur un certain ministre, alambique-t-il. Vous vous demandez quelle est ma question ? Eh bien, je vais vous la poser : avez-vous retrouvé le double qu'aurait pu faire de ces documents un certain malfrat surnommé Mustapha ?

Revanchard, j'opte pour le même phrasé sybillin et ampoulé que mon supérieur :

– À cette interrogation qui légitimement vous interpelle, je vais répondre sans ambages ni ambiguïté : non.

– Mais encore ?

– En deçà de non, il y a peut-être ; au-delà de non, je ne vois que non.

– Êtes-vous sûr que ce document n'a jamais existé ?

– Oui.

– Comment pouvez-vous affirmer que quelque chose n'existe pas sans l'avoir jamais vu ? conteste le ministre, philosophe à ses heures creuses.

– L'intuition. Elle est mon meilleur atout.

Le garant de la sécurité publique semble convaincu et s'en réjouit :

– Donc, si... Landoff, pour ne pas le nommer, a lui-même détruit le dossier original, ce qui coule de source, cette affaire ne peut plus nous revenir en boomerang ?

C'est pas du petit lait que je savoure, mais de la bonne crème d'Isigny, mille pour cent matières grasses. Moi, je sais que cet endoffé de Fouarasse détient l'explosif document de cet enfoiré de Landoff, mais que je ne vais pas tarder à le lui faire régurgiter.

– La mort du truand a dissipé tout risque de fuite, instillé-je. Je me demande pourtant qui a bien pu l'exécuter.

– Des complices à lui ! propose le ministre, regard en coin, sourire de coing.

– Comment l'auraient-ils retrouvé si vite, au sortir de la P.J. ?

– Ils devaient avoir monté une souricière devant sa planque.

– Négatif. Le véhicule des tueurs nous suivait. Il nous avait pris en filature dès le quai des Orfèvres, c'est établi. Seuls des gens de chez nous pouvaient savoir que j'allais quitter les lieux dans ma voiture privée avec Ras el Hattouf à son bord. Conclusion ?

– Conclusion ? Il serait licite que vous abandonniez ce volet de l'enquête.

– En quel honneur ? renâclé-je.

L'homme d'importance se lève pour me signifier que l'entretien est clos :

– Décidément, on se fait mal comprendre avec le subjonctif, quand l'impératif est tellement plus explicite : abandonnez ce volet de l'enquête ! (Il tempête soudain.) Je veux que vous arrêtiez l'assassin de Landoff et de sa fille naturelle, point final. Est-ce clair ?

– Oui, Monsieur le Ministre.

La rate au court-bouillon, je traverse la place Beauvau, dédie une pensée anxieuse à cet autre bovidé qu'est Béru. Je m'apprête à intégrer ma caisse lorsqu'un souffle rauque chuinte à mes tympans. Je me retourne : mon Chef suprême m'a rattrapé, hors d'haleine mais en personne.

– Monsieur le Ministre ! m'exclamé-je.

– Pas de chichi en dehors du bureau, appelez-moi Claude.

– Que se passe-t-il ?

Il reprend souffle, esquisse un rictus de vive contrariété :

– Voilà que ça recommence ! Une nouvelle menace vient de tomber, adressée à un autre candidat à la présidentielle.

– Ne me dites pas qu'il s'agit de notre...

– Grâce au Ciel, non. Du moins, pas encore. C'est Jean-Paul Culochon, du parti de la Gauche Anti Fortune, qui est visé, ou plutôt son épouse. Le même type de message : « Tu as tué ma femme la tienne mourra avant le lever de ce jour. »

La nouvelle me prend à contre-pied, mon bon ami. J'entrevoyais une éclaircie dans l'affaire Landoff. Rien de très précis encore, mais des bribes de pistes, des brimborions de détails troublants. Je commençais à tricoter quelques mailles à l'endroit, et patatras ! Voilà que mon ouvrage s'effiloche.

Je me retrouve devant l'hypothèse saugrenue d'un vengeur masqué, d'un tueur psychopathe. Comment un seul et même individu pourrait-il avoir vu sa fille et sa femme disparaître par la faute de deux hommes politiques différents ? On nage et pataugе dans l'improbabilité absolue. Sauf si on est en présence d'un groupuscule résolu à régler des comptes en rafale.

– Connaissez-vous le parcours de ce Culochon ? demandé-je.

– Forcément. Il est actuellement député-maire du Val Bourré, une commune sensible de la région parisienne.

– Auparavant ?

– Professeur d'anglais, je crois.

À moins qu'une de ses élèves ne se soit étranglée avec un christmas-pudding, ou qu'elle ait mal digéré une panse de brebis farcie, je vois mal comment il pourrait être à l'origine d'un décès dans l'exercice de ses fonctions.

– Bien. On va prendre les mesures qui s'imposent, décidé-je.

– J'ai déjà ordonné qu'une patrouille se rende à son domicile et sécurise les lieux.

– On voit que vous connaissez le terrain, Monsieur le Ministre, lui lèché-je le derche.

Langue chargée, je dégaine mon portable et sonne l'hallali. Mes ordres jaillissent, se disséminent. J'indique l'adresse du candidat que vient de me communiquer ce cher Claude, commande à Jérémie et Toinet de rapatrier le couple à Saint-Cloud, chez ma brave femme de mère.

– Pourquoi chez vous ? s'étonne mon boss.

– Parce que j'ai besoin de changer de fringues après trente-six heures sur le baudet, que j'ai envie de voir ma mère et que, là-bas, ils seront bien au chaud et à l'abri.

– Pas ils, *elle* ! rectifie le ministre. Lui se trouve actuellement à Cuba. Pour se ressourcer et y puiser des idées neuves, d'après son porte-parole. Des idées neuves… chez Castro ! Comme si notre Président allait prendre des cours de libéralisme auprès de Margaret Thatcher !

– Parce que ce n'est pas le cas ?

Ma facétie lui arrache un sourire :

– Ne me croyez pas insensible à votre humour. Il faut des hommes comme vous, affranchis dans leur expression, en contrepoint des hommes comme moi qui doivent peser leurs paroles sur une balance d'apothicaire.

– La France a en effet besoin des deux, Monsieur le Ministre.

Un type si freluquet que le poteau du feu rouge le cachait se dirige vers nous à maigrichonnes enjambées. Il tend un *iPad* à mon supérieur. Le patron des patrons se renfrogne à la lecture de l'écran et congédie l'informateur, lequel retourne se dissimuler derrière le stop du carrefour.

– C'est quoi, cette histoire du commandant Bérurier, un de vos adjoints, qu'on dit candidat à la présidentielle, Commissaire ?

Contre mauvais cœur, toujours faire bonne figure :

– Il s'agit d'une infiltration dans le cadre de l'affaire Landoff, Monsieur le…

– Cette guignolade va déconsidérer la police, voyons !

– Bien au contraire, elle ne peut que la rendre sympathique par son caractère malicieux. Si nous résolvions cette enquête, nous bénificierions tous d'une image très positive auprès du grand public.

– Pas de « bénéficierions » ! tranche mon interlocuteur. Le conditionnel n'est pas un temps de flic. Seul le futur est beau, quand il est immédiat.

Il tourne les talons. C'est qu'il ne badine pas avec la conjugaison, Monsieur Claude !

Décidément, je n'arriverai jamais à grimper dans mon carrosse ! Alors que j'en actionne la poignée, c'est à présent mon portable qui grésille. Pinuche en ligne :

– Allô, Antoine ? C'est César. On a un problème, le brigadier Moudulaar et moi-même : on a perdu Fouarasse ! On s'attendait à tout sauf à ça. À la sortie de l'hôtel Lucrécia, après la conférence de Béru qui a été ultrabrillant, soit dit en passant, on était parés à toutes les éventualités. Que notre homme s'en aille à pied, en métro, en bus ou en bagnole, le plan était tracé. Seulement voilà, il est parti à vélo et nous a semés.

18

– Solution contrepet 7 –

tnaulg noc el snad tiattolf
elêrf uep nu drad uaeb nU

Je ralentis le pas en traversant le jardinet pour bien profiter de ces quelques mètres gravillonnés qui conduisent au perron. Les arbustes se sont rabougris, la pelouse se prend pour un paillasson, quelques flocons d'une neige précaire commencent à fondre en touchant terre, une buée tiédasse, presque aussitôt glaciale, s'échappe de mes bronches. L'hiver décore mal nos régions tempérées. Qu'importe, le retour au bercail constitue pour moi un moment d'une douceur infinie. Je rentre à la maison comme une rosse retourne à l'écurie après avoir désarçonné son cavalier.

Par la fenêtre du salon, j'entrevois la silhouette de maman près du lampadaire. Elle est assise devant la télé qu'on ne distingue pas mais qui projette un halo blafard dans la pièce. Avant de dégainer ma clé, je sonne sur l'air convenu du tagada tsoin-tsoin pour ne pas la surprendre et ménager ses coronaires.

Le temps de manœuvrer la porte, elle est déjà dans l'entrée, ma Félicie, un châle en travers des épaules, besicles sur le bout du nez, un sourire d'ange aux lèvres.

– Te voilà enfin, mon Grand. C'est long, deux jours sans te voir…

– Et en fils indigne je ne t'ai même pas téléphoné.

– Je ne me faisais pas trop de mauvais sang, je sais que tu es accablé de travail.

Je l'étreins, respire à m'enivrer le parfum d'oisillon de son chignon vaporeux.

– Tu regardais la télé, M'man ?

Son faciès s'illumine :

– C'est incroyable, figure-toi qu'il n'y en a que pour Alexandre ! Je ne savais pas que Bérurier se lançait en politique ! Des extraits de sa conférence de presse sont repris sur toutes les chaînes. Franchement, il m'a épatée. Je me demande si je ne vais pas voter pour lui.

Le visage de Félicie se transforme subitement. Je la devine saisie d'une grave turlupinade :

– Je suis certaine que tu n'as pas mangé !

Si elle savait que je n'ai avalé qu'un Paris-beurre et deux cuillerées de coquillettes gerbantes en deux jours, tu la verrais mortifiée, ma brave femme de mère.

– Tu ne vas pas te mettre au fricot à neuf heures du soir, maman ! Juste un petit bout de pain et du fromage, ça fera mon bonheur.

– Il me reste un bocal de foie gras que j'avais préparé pour Noël. Avec des toasts, du chutney de figue et une salade de pissenlits, ça t'irait ?

– À merveille, mais un peu plus tard : j'attends une dame qui n'aura peut-être pas dîné, elle non plus.

Le regard de ma vioque pétille. Depuis le temps qu'elle voudrait me voir casé, elle ne se fait plus guère d'illuses, mais espère vaille que vaille.

– Ne te monte pas le bourrichon, la tempéré-je. Je ne la connais même pas, cette femme, mais elle est en danger.

Devant l'incompréhension teintée d'angoisse qui se peint sur le visage de Félicie, je lui dresse un topo des dernières heures écoulées. Toujours à l'écoute des misères d'autrui, maman s'émeut :

– La malheureuse, elle doit être aux cent coups ! Surtout après que ce tueur fou a mis sa première menace à exécution.

– On va la protéger, M'man, et tendre un piège à l'assassin. Tu vas d'ailleurs être à contribution.

– Si je peux t'être utile…

Mon portable me joue sex toy story en vibrant fortissimo dans ma fouille. À son allô claironnant, je pige que Toinet va me distiller du positif.

– Ça a mordu, P'pa ! lance-t-il.

– Tu es sûr ?

– Tu peux me faire confiance, j'ai l'œil.

– Raconte.

– Lorsque Jérémie est ressorti de l'immeuble des Culochon en compagnie de l'épouse, il a parfaitement joué le coup en regardant de droite et de gauche, comme un flicard balourd l'aurait fait pour vérifier qu'il n'était pas surveillé. Il a fait monter la femme à l'arrière de la voiture de service, il s'est mis au volant et a démarré. Le second véhicule banalisé conduit par le brigadier Ragondet s'est élancé à son tour, et quelques secondes plus tard une moto a déboulé d'une rue adjacente et a pris le même chemin qu'eux. Le motard s'était méfié d'un second véhicule, pas d'un troisième. Il m'a fallu trois bornes pour être convaincu qu'il suivait bien le cortège. Le pilote est un as du guidon : il tire des bords sur les trottoirs, se laisse décramponner, emprunte des tronçons de rues parallèles, mais il retrouve toujours sa cible en point de mire.

– Il ne risque pas d'éventer ta contre-filature ? redouté-je.

– Y a peu de chances. Je me tiens à bonne distance. Je n'ai aucune raison de le serrer, puisque je sais où se rendent ceux qu'il suit. Et puis j'ai emprunté la bagnole spéciale des filatures de nuit.

Que je te mette au parfum de cet astucieux bricolage dû à l'ingéniosité d'Amélie : sur ce véhicule, on peut, de l'intérieur, modifier à volonté la forme et la teinte des phares, si bien que, vue dans un rétroviseur, la voiture suiveuse change radicalement d'aspect.

Après un bref silence, Antoine reprend :

– On vient d'entrer dans Saint-Cloud, P'pa. Jérémie ne devrait plus tarder. Tout est OK pour toi ?

– Paré.

– Ta Volvo est planquée ?

– Ho, Marius, tu ne vas apprendre la fliquerie à ton père ? Elle est à trois rues de là, ma caisse.

– Excuse, P'pa, mais j'ai les abeilles. Je voudrais tellement pas qu'un truc foire !

– Ne panique surtout pas et tiens-toi bien en retrait, compris ? On ne parle plus, mais on reste en ligne.

– À plus, P'pa.

Durant cet échange, Félicie ne m'a pas quitté du regard. Elle a beau tenter de masquer son désarroi, je vois pourtant l'inquiétude creuser ses traits.

– Tout va bien se passer, M'man. Mais tu vas suivre à la lettre mes consignes. D'ici peu, Jérémie va arriver en compagnie de Mme Culochon. Il va sonner à la grille. Tu enfileras ton manteau, tu éclaireras le jardin et iras lui ouvrir. Tu accueilleras la femme, tu refermeras le portail à double tour et vous rentrerez toutes deux dans la maison. N'éteins surtout pas le jardin ! Installe la visiteuse dans la salle à manger ou dans le petit salon, enfin dans une pièce ne donnant pas sur la façade.

Je marque une pause, manière de lui laisser assimiler mes recommandations.

– Tu as bien suivi ?

– Jusque-là, oui, c'est simple.

– Ensuite, enchaîné-je, tu vas quitter le pavillon par la porte de la cuisine : voilà pourquoi il faut laisser éclairé dehors, et tu vas traverser le jardin par derrière…

– Pour aller où ? s'affole ma Féloche.

– Chez les Pozzobbi, par le trou dans le grillage que je dois réparer depuis deux ans.

– Ils sont actuellement chez leur fille, en Sicile.

– Je sais. Tu contourneras leur maison et tu iras attendre Jérémie sur la rue parallèle à la nôtre.

– Je ne pourrai pas sortir, ils ont certainement fermé le portail à clé.

– Je l'ai bricolé, avant de venir. Il est ouvert, maintenant.

Je bise ma mère sur son front gaufré comme du papier crépon :

– Pas facile de s'improviser Mata Hari à quatre-vingts ans ! m'efforcé-je de blaguer.

– Je ne me fais aucun souci pour moi, c'est pour toi que j'ai peur. Imagine que ce meurtrier ne soit pas dupe.

– Bah… On l'attrapera une autre fois.

– Et s'il parvenait à retourner le piège contre toi ?

Le coup de sonnette attendu m'épargne une réponse oiseuse.

– Allez, en piste, Maman ! Crois-moi, tout va se passer comme sur des roulettes. Moi, je grimpe à l'étage.

J'avale d'un bond l'escadrin, me faufile dans la chambre d'amis, laquelle donne sur la rue. Je me poste à plat ventre devant la fenêtre, écarquille le rideau, juste de quoi couler un œil sur l'extérieur sans être renouché.

Le scénar se déroule comme prévu. Le jardin s'illumine ; Félicie sort, couverte de son manteau ; elle ouvre le portillon ; Jérémie la salue, lui présente une femme que je distingue mal, mais qui doit être de belle stature, à en juger par l'écart important entre elle et ma daronne. Le portail rebouclé, les deux dames reviennent bras dessus, bras dessous vers le pavillon.

Je concentre mon attention sur mon pote black. Il va parler à son collègue de la seconde bagnole, lui recommande de veiller sur la baraque jusqu'à ce qu'il lui envoie de la relève, puis gagne son propre véhicule et déhotte. L'affaire est aussi réglée qu'une jeune fille nubile.

L'instant est venu de reprendre contact avec Toinet :

– Tu me reçois, fils ? murmuré-je dans mon Nokia.

– Trois sur cinq. Parle plus fort.

– Que fait le motard ? questionné-je, haussant un chouye les décibels.

– Il est arrêté, phare éteint, dans la ruelle d'en face, là où il n'y a pas de réverbère, mais j'ai pris mes lunettes à infrarouges. Je crois qu'il est en train de téléphoner.

– Il n'essaie pas de suivre Jérémie ?

– Non, non, il l'a laissé filer.

– Parfait, il va pouvoir récupérer ta grand-mère et l'amener chez toi.

– Attends, attends ! La moto s'ébranle... le type démarre... il rebrousse chemin... je me tasse sur mon siège, il va me croiser...

– Fais gaffe qu'il t'arrose pas ! beuglé-je.

– Non, il accélère... ça y est, il est passé... C'est bizarre, il s'en retourne vers Paris.

– Reprend-le en chasse, fils ! Il faut essayer de le loger.

– J'ai déjà fait demi-tour.

– Sois discret, surtout ! Je préfère que tu le paumes plutôt qu'il se sache filé... Parce que ce type n'est pas le tueur.

– J'en étais arrivé à la même conclusion, P'pa : le motard n'est qu'un comparse chargé de repérer la planque de Mme Culochon.

– L'assassin viendra plus tard. Je l'attends.

19

– Contrepet 8 –

La parcelle a été souillée par le purin

Solution chapitre vingt

Tu sais, la méga bombe sur la dernière couverture de *Vogue* ? Eh bien, à coté de la femme de Culochon, on dirait Christine Boutin quand elle sort les poubelles.

Un peu canon, la donzelle ! Une longue chevelure brune méchée d'auburn ondule sur ses épaules. Son visage allongé, un rien anguleux, avec des pommettes saillantes, rayonne par l'éclat de cobalt jailli de ses prunelles.

Perchée sur ses talons, elle est presque aussi haute que moi. Elle porte un long manteau de lainage noir qui lui tombe aux chevilles, et se tient debout au centre du salon dit de musique, car il abrite un piano qui n'a pas vu courir de doigts sur ses ratiches depuis que Joseph Gabriel Gaveau y a apposé sa plaque.

– Je vous en prie, mettez-vous à l'aise, ronronné-je en lui tendant une main fébrile.

Le contact de nos paumes provoque une cuisante étincelle. Je sais que ça vient de la moquette et de mes pompes à semelles de crêpe, mais je préfère mettre la décharge au compte de l'électricité extatique. Nous sourions de l'incident, un peu comme deux collégiens qui viennent de s'accrocher les bagues dentaires en se roulant une galoche.

– Je suis le commissaire San-Antonio, m'introduis-je, par le verbe, déjà.

– Emeline Culochon, réciproque-t-elle. Merci des précautions que vous prenez pour moi.

Elle se dépouille de son pardessus et, crois-moi, le pardessous vaut le détour. Il est constitué d'un tailleur de cuir incarnat dont la veste, très longue, affleure l'ourlet de la jupe, très courte.

Ajoute des bas rose fuschia finissant au-dessus des genoux par des jarretières à fanfreluche, et tu mords ma stupeur.

– Ma tenue est un peu *fashion,* déplore-t-elle, mais avec tout ça je n'ai pas eu le temps de me changer. Je devais me rendre à une soirée *Street Look*...

– *Street Look* ? Désolé, mais il y a des cas où l'anglais me fait l'effet du javanais.

– C'est une tendance de la mode qui allie la créativité à la décontraction.

– Remarquez... c'est très seyant, balbutié-je. En tout cas sur vous.

– Je n'ai guère de mérite, je suis mannequin.

Tu vas me trouver politiquement correct, pour utiliser l'incontournable expression du moment, mais je n'imaginais pas un leader d'extrême gauche marié à un top model. Je me garde d'expliciter cette pensée aux relents réac. Je me prends néanmoins les pinceaux dans un autre cliché :

– Mannequin ? Aïe, moi qui m'apprêtais à vous proposer une tranche de foie gras !

La *beauty* se gondole :

– Ai-je l'air d'une anorexique ? Je mange de tout, raisonnablement.

– À la bonne heure ! D'autant que c'est ma mère qui l'a confectionné.

– La charmante dame qui m'a accueillie ? Elle a l'air si douce.

– Elle l'est. Installez-vous dans la salle à manger, j'arrive.

Je passe à la cuistance, dresse deux assiettes gourmandes à faire saliver Petitrenaud sur sa cravate. Alors que je dégoupille une boutanche d'Yquem pour honorer tant le mets que ma convive, je reçois un appel de Béru. Il m'a l'air chaud bouillant, le Mastard, au bout du fil :

– Salut, Tonio, ça boume ?

– Moins que toi ! Paraît qu'on ne voit que ta hure, à la télé.

– Et c'est pas fini ! Figure-toive qu'je vais remplacer Landoff au pied lavé, d'main, dans l'émission « Face à la France ». Y aura les principals candidats à l'érection présidentielle : François Batave, Marine Leborgne, Eva Poret, François Lebègue et Dominique de Pissevin. Not' président z'actuel s'ra pas là, bicoze il s'est pas encore porté volontaire pour une seconde mandale. N'heureusement, je serais été mal à l'aise, vu qu'en tant qu'poulet il est mon supérieur rachitique.

J'essaie d'endiguer la faconde béruréenne, mais impossible d'en placer une. M'est avis qu'il s'est délié la menteuse à coups de beaujolpif, le Vinasseux.

– N'actuellement, j'suis chez Alycia, poursuit-il. On prépare la rencontre de d'main avec les ténors d'la politique. Elle m'fait réviser tout un tas d'notes, des chiffres, des dates, des tableaux, rien qu'des trucs chiants. J'suis obligé d'réciter jusqu'à ce qu'j'save tout sur l'bout des doigts... À propos, entre la l'çon sur le voile islanique et les cours du Cacarentre, j'y ai interprété un solo de mandoline à moustaches pas piqué des hannetons. Une chance que ses mouflettes soyent chez leur père, ce soir : on d'vait l'entendre brailler jusqu'à la porte de la Muette ! J'te dis pas quand on va attaquer l'gros œuvre...

Je profite de son aspiration pour lui sectionner la chique :

– C'est tout ce que tu avais à me raconter ? grondé-je.

– Bien sûr qu'non. J'me suis isolé dans les gogues pour t'causer peinard. Rassure-toi, j'ai fini la grosse commission. M'reste plus qu'à m'torcher, quand j'aurai les mains libres. J'voulais t'signaler un clash entre Alycia et un dénommé Léo Fouarasse qu'était l'adjoint de son dabe.

– Après ta conférence de presse ?

– Non, y a dix minutes, au bigophone. C'est lui qu'a appelé. Je sais pas trop c'qui se sont bonni, mais ça chiait des briques. À la fin, la môme m'a expliqué que le Léo exigeait qu'elle me vire pour êt' candidat lui-même personnellement. Elle l'a envoyé chez Plumeau, mais elle avait l'air emmerdé copieux. J'ai senti qu'il la f'sait chanter, c'trouduc. Alycia a failli tout m'déballer, mais elle s'est souviendu que j'étais quand même flic et elle a noyé l'poiscaille.

Une évidence : Mustapha ne m'a pas berluré. Le comportement de Fouarasse démontre qu'il est bien en possession du dossier Cervyl incriminant Landoff, et qu'il entend l'utiliser.

– Écoute-moi, Gros : il faut qu'Alycia rencontre Léo le plus vite possible, et...

– Elle lu a proposé d'passer tout d'suite chez elle, me coupe-t-il, mais il a refusé, comme quoi il était occupé. Occupé à c't'heure !... Brèfle, ils ont pris rancard pour d'main matin dix plombes à la permanence du parti.

– Parfait. Tu as le jeu de clés que t'a remis Jérémie. Alors, tu vas te pointer sur place une heure avant et te planquer. Essaie de le taper en flag de chantage. Ne préviens pas Alycia, en sorte qu'elle reste naturelle. Tchao !

Deux bonnes nouvelles. *First* : le foie gras de Félicie se révèle si onctueux qu'on pourrait le prescrire contre les angines blanches. *Second* : Emeline a ôté sa veste et porte dessous un bustier de tulle qui dévoile ses nibards mieux qu'une radio pulmonaire.

Le temps de ces succulences, nous papotons. Si je te parais bien décontract', eu égard au danger qui plane sur nous, sache, mon féal, que notre maisonnette et son jardin sont équipés de détecteurs de présences. Ils réagissent aussi vite que ta gonzesse au charme de votre voisin de palier. Toute intrusion dans le périmètre serait signalée par un mugissement de sirène. La sensibilité de l'installation est telle qu'un pet de libellule déclencherait le bousin. Heureusement, c'est pas la saison.

Tout en mastiquant (en un seul mot, je précise), j'interroge doucettement la splendeur :

– À quelle heure avez-vous découvert la lettre de menaces ?

– Vers dix-huit heures. Quelqu'un l'avait glissée sous ma porte. J'ai cru à une mauvaise plaisanterie et je l'ai balancée à la poubelle. J'ai été me préparer pour ma soirée…

– … *Street Look* ! J'ai retenu la leçon. Ensuite ?

– Comme j'étais en avance, j'ai ouvert *Libé*, mon mari y est abonné, et là, en première page, j'ai découvert l'affaire Landoff. Je n'avais pas bougé de la journée, pas écouté la radio ni regardé la télé, je n'étais au courant de rien. La lettre reproduite en première page m'a paru si semblable à celle que je venais de recevoir que j'ai paniqué. J'ai essayé de joindre mon mari à Cuba, mais, avec le décalage horaire, il devait être dans un déjeuner officiel et il avait coupé son portable. Alors je me suis retournée vers son adjoint qui a contacté aussitôt les autorités. Deux policiers sont arrivés très vite, et puis votre collègue, le grand beau Black, est venu me chercher.

Emeline embouche une gorgée d'Yquem, la laisse tourner entre langue et palais avant d'avaler.

– Une merveille ! apprécie-t-elle. Jean-Paul me reprocherait de succomber à ce nectar capitaliste.

– « Il faut araser toutes les fortunes ! Pas de salaire au-delà de trois mille euros par mois… » Il est vraiment sincère, dans ses diatribes antifric ? m'étonné-je.

– Absolument, c'est ce qui fait son charme. Savez-vous que je reverse la plupart de mes cachets ?

– À qui ?

Ma question la déroute :

– À son parti, d'accord, mais c'est pour la bonne cause. (Elle change vite de sujet.) Pensez-vous que nous soyons véritablement en danger ?

À elle de me déconcerter.

– Sincèrement ? Je n'en sais rien. Les poulets ne font pas toujours la différence entre le bon et le mauvais grain. (Je change à mon tour de sujet.) Pour en revenir à cette lettre, son auteur prétend : « *Tu as tué ma femme* ». Auriez-vous une idée d'un événement auquel il ferait allusion ?

– C'est absurde ! Jean-Paul n'a jamais eu affaire à la justice.

– On le voit souvent dans les manifs, insisté-je. Une femme n'aurait-elle pas été victime d'échauffourées avec les CRS, dont un barjot pourrait le tenir pour responsable ?

– Pas à ma connaissance !

La vibration de mon portable nous interrompt. Je réponds en m'excusant d'un geste, façon Comanche sur le sentier de la paix.

– Oui, Toinet, alors ?

– Le motard a bombé jusqu'au Champs-Élysées. Même Sébastien Loeb n'aurait pas pu le suivre.

– Mais toi, oui ?

– La fatuité est héréditaire, P'pa ! plaisante-t-il. Il a largué sa bécane sur le trottoir, rue de Ponthieu, avec les clés dessus. Il a abandonné aussi son casque et sa combinaison. À mon avis, tout le matos était chouré. Il s'est barré à pincebroque.

– Tu as réussi à le suivre ?

– Facile ! Sauf qu'il est entré au Keur Samba, rue de La Boétie.

– Et alors ?

– C'est une boîte black, P'pa. Et le mec... est un Noir ! Ça va être coton, de le retrouver.

– Coton n'est pas le mot !

Je raccroche, repousse mon assiette et me lève.

– Bon ! J'ai besoin d'une bonne douche, fais-je.

Emeline se dresse à son tour, vient se plaquer contre moi :

– Moi aussi. On pourait peut-être la prendre ensemble ? Je me porte même volontaire pour ramasser la savonnette.

Foin de savonnette ! Je suis passé au gel douche depuis lurette. C'est onctueux du sol au plafond, de la cave au grenier et ça t'oint à tous les étages. Nous nous oignons de concert, Emeline et mécolle, en déployant une lascive langueur. Et la longueur aussi se déploie, fais confiance ! La colonne Nelson n'est que petit coup de Trafalgar en regard de ma Durandard.

On bulle tintinnabule mousse trémousse pétille babille embroque débloque concasse jacasse craquette caquète jusqu'à ce que l'écume des nuits déborde du bac à douche.

Je lui récite le grand répertoire, à la divine mannequine, celui qu'on ne joue pas à la Comédie-Française, ou alors dans la pénombre des loges, les soirs de gala. Tout le gratin de mon catalogue y passe. Tu le connais par cœur si tu me suis depuis des lustres et que tu ne veux pas passer pour un attardé du calbute : assieds-toi sur le compte-gouttes, l'alouette en viol, le défilé des enfilades, le tire-bouchon de la veuve Clito, le pipe-line en folie, la toupie mayonnaise, l'harmonica à bacchantes, la troussée fantasque, la quenouille baladeuse, le relèvement des Sapines, la chevauchée cosaque, la tyrolienne bulgare, le yaourt mongol et surtout, surtout, mon chef-d'œuvre : l'illustrissime brouette de Zanzibar, saluée trois fois par des rappels.

Bon ! En fin de course, pour être honnête, à cheval sur mon bidet, la plus belle fille du monde ressemble davantage à une pouffe de clandé qu'à une cavalière olympique. Tout en s'étrillant la crinière, tandis que je me fourbis la

Grosse Bertha au-dessus du lavabo, Emeline m'interpelle :

– Je repense à un truc, là, par rapport à la lettre. Il y a dix ans, Jean-Paul a eu un accident de voiture. Un type qui lui a grillé la priorité. L'épouse du chauffard a été tuée. Mais… ça n'a rien à voir avec moi, c'était du temps de sa première femme.

Mon ciboulot part en vrille.

Première femme…

Fille naturelle…

Putain ! On s'est encore laissé berner !

– Tu la connais, cette première femme ? tonitrué-je.

– Ben oui, on est restées copines.

– Elle habite où ?

– 23 ter, rue La Pérouse, au-dessus de son magasin. Elle est antiquaire.

– Rue La Pérouse… dans le seizième ? Tout près de l'avenue d'Iéna ?

– Oui. Pourquoi tu t'excites comme ça ?

Je saute dans mon slip, m'enveloppe du reste de mes fringues tout en composant le numéro de Béru. C'est un Gravos haletant qui me répond :

– Quoi, merde ? Elle allait monter au fade ! Déjà qu'j'ai eu du mal à y fourrer l'molosse ! C't'à quel sujet ?

– Alexandre ! bramé-je, tu sors de ce trou immédiatement et tu te rends au 23 ter, rue La Pérouse. Une boutique d'antiquités ! Tu sécurises l'appartement du dessus et fissa, j'arrive !

Le brigadier Ragondet baisse sa vitre en me voyant irrupter du pavillon ; il remise la pétoire qu'il avait dégainée.

– Un souci, M'sieur le Commissaire ?

– Ouais ! Tu me remplaces comme garde du corps auprès de madame Culochon.

Ses pupilles s'arrondissent :

– Avec plaisir !

Je lui claquette la joue :

– Je te préviens, elle a déjà donné ! Mais tente ta chance quand même.

20

– Solution contrepet 8 –

niarrap el rap eélliuos été
a ellecup aL

Le magasin d'antiquités porte l'enseigne « *Retour d'Orient* ». Rue La Pérouse, ça en jette. Le rideau de fer est baissé, ce qui m'épargne la vue sur un bric-à-brac de chinoiseries, hindoustaneries et autres arabiscoteries que j'exècre. À travers les rideaux tirés, on devine que la lumière brille dans les pièces du premier.

La porte d'entrée du 23 ter, insérée dans un porche monumental, était protégée par un digicode. Je dis « était », car elle bâille désormais, la gâche et le pêne disloqués. J'y vois la marque d'un serrurier moins sophistiqué que Louis XVI, mais tout aussi gras du jabot. Pas de doute, le Furieux est passé par ici.

Je me fige devant la lourde de l'appartement. C'est le silence qui m'abasourdit. En général, quand le gars Béru se trouve quelque part, jouissant de toutes ses facultés, il engendre des décibels : bramades, éructations, flatulences, toujours il trouve une voie pour s'exprimer fortissimo. Je prête l'oreille sur gages, perçois le gémissement étouffé de quelqu'un en souffrance.

Qu'alors je dégaine mon feu. Un geste si brusque qu'une lanière de mon holster cède. Pas le temps de la ravauder, même si l'étui me pendouille sous l'aisselle. De l'autre paluche j'abaisse silencieusement la poignée. Docile, l'huis accepte de pivoter sur ses gonds. À cet instant, un cri bestial retentit. Je fonce. Le hurlement s'intensifiant, je traverse l'entrée, percute une double porte et me retrouve dans un salon oriental éclairé par deux statues de Maures brandissant des candélabres. Sans radoter, le spectacle me méduse. Que je te dresse le tableau ! Imagine une dondon platinée, la cinquantaine mal liposucée, nue à quatre pattes sur un sofa, une main crispée sur l'accoudoir, l'autre entre ses dents serrées pour s'empêcher de gueuler. À genoux derrière elle, bénouze boulé aux mollets, Alexandre vient de lui faire l'offrande d'une bonne partie de ses avantages en nature.

Tout juste s'il ne me houspille pas, le tringleur d'élite :

– Tudieu, Tonio, tu tombes comme un mars en caramel. T'es un vrai empêcheur d'tourner dans l'rond !

J'empoche mon flingue, ne pouvant le glisser dans le holster délabré.

À mon intrusion, Béru a réfréné la sienne. Sa bougonnerie s'apaise.

– Pardon d'pas démouler l'pain de deux livres, mais on a eu tant d'mal à l'enfourner. J'te présente Colombe Haychard, ex-M'âme Culochon.

– Bonsoir, monsieur, marmonne la levrette, plus endolorie que gênée.

– Que j't'esplique, San-A. J'arrive, je sonne, la dame ici présente vient m'ouvrir en tenue d'Adam…

– D'Ève, plutôt !

– Cherche pas la p'tite bête ! Comme j'avais pas pu finir a'ec Alycia, poursuit-il galamment, j'tenais une gaule de concours. C'eusse t'été dommage d'galvauder pareille bandaison, non ? Colombe était d'mon avis. Voilà... on a occupé l'temps en t'attendant.

Je m'agenouille devant la femme, m'adresse à elle comme si nous devisions sur un stand de la Biennale des antiquaires :

– Votre ancien mari a eu un grave accident de voiture il y a quelques années, entamé-je.

– Un salopard a grillé un stop. Je n'ai été que légèrement blessée et mon mari s'en est sorti indemne.

– La femme de l'autre véhicule a eu moins de chance que vous, je crois.

– En effet. Elle est morte sur le coup. Pourquoi ces questions ? Surtout dans une situation aussi embarrassante…

Tu connais ma devise volaillère ? Toujours répondre à une question par une question :

– Sauriez-vous comment retrouver le conducteur de l'autre véhicule ?

Le Gravos ayant repris en loucedé sa pistonnade, la réponse se voit lardée de geignements :

– Haaa ! Peut-être… mmm… quelque part… ouuuiii… j'ai conservé les articles… ha ouioui… de l'époque… Hooo..

J'intime au Tromboneur à coulisse de fouiner dans les archives de sa rossinante dulcinée sitôt la chevauchée parachevée, et d'essayer de vérifier l'alibi du chauffard.

Sur le palier, j'utilise mon sésame pour verrouiller la porte, geste que l'Immonde avait omis d'accomplir, victime de son impérieuse turgescence.

Tout en dégradant l'escadrin, je sonne mes collègues du seizième, m'identifie, leur réclame l'envoi de deux patrouilles, l'une devant le magasin d'antiquités pour empêcher quiconque d'entrer dans l'immeuble, l'autre avec ordre de vérifier l'identité de tous les noctambules du quartier.

Telles furent mes dernières volontés. Alors que j'arpente le hall et dépasse l'imposante colonne d'alimentation de l'immeuble, je perçois un bruissement ténu dans mon dos. Le temps d'éventer une présence hostile, une douleur fulgurante m'irradie le côté gauche.

Mes genoux se ploient.

Une onde atomique m'explose la boîte crâneuse.

Je m'écroule... roule... oule... oule... oule... oule...

21

– Contrepet 9 –

Au camp, à la longue, on découvre
des mortes près des lampions

Solution chapitre vingt-trois

Voix d'une infirmière :

– Je vous en prie, Monsieur le Ministre. Nous sommes très honorés de votre visite. Le Commissaire ne peut pas parler à cause de ses sondes et des sédatifs que nous lui administrons pour calmer sa douleur, mais je suis certaine qu'il vous entend.

Voix du ministre :

– Comment va-t-il ?

Voix de l'infirmière :

– Du mieux possible. Il sera vite sur pied, c'est un gaillard solide.

Voix du ministre :

– Parfait. Vous pouvez disposer.

Des pas,

grincements de porte,

et puis la voix du ministre :

– Nous apprécions votre vaillance et votre courage, San-Antonio. Sachez que la police et l'État, qui s'expriment par ma voix, vous disent un grand merci. Le Président aurait voulu m'accompagner, mais il est retenu à Berlin avec Angela : le sauvetage de l'euro, comme d'habitude. Nous saurons vous témoigner notre gratitude… surtout… si vous occultez de votre mémoire le décès fortuit du dénommé Mustapha… Je ne vous dérange pas davantage. Courage ! Vous êtes un brave.

Silence. Le temps passe.

Et retour de l'infirmière :

– Ne le fatiguez pas trop, messieurs-dames.

Voix de Toinet :

– P'pa ? C'est moi. Tout va bien. Tu as eu de la chance, le poignard a été freiné par ton holster et n'a pas atteint le cœur. Ton agresseur n'a pas pu le retirer. On l'a donc récupéré.

Voix d'Amélie :

– L'arme est un *hankawo* ou un *ezi-guiz*, on fait des recherches. En tout cas, il s'agit d'un coutelas de forgeron de l'Afrique subsaharienne.

Voix de Toinet :

> – Dans le casque du motard qui m'a semé au Keur Samba, on a pu prélever quelques cheveux. L'ADN parlera peut-être ? Repose-toi. On t'attend vite au burlingue...

Et le temps passe encore. Voix de l'infirmière :

– C'est pas parce que vous êtes officier de police que ça vous donne le droit de me peloter les fesses, quand même ! Faites vite ! Il est fatigué.

Voix de Béru :

> – Ah, mon Sana ! Si tu saurais : ce coup de rapière dans ta bidoche, c'est comme si ça serait ma viande qu'aurait dégusté ! Pour en v'nir au boulot, j'ai vérifié, rapport au chauffard des Culochon. Il a un vrai alibi : y s'est enroulé sur un platane, l'an passé, et on l'a encaissé d'dans.

Voix de l'infirmière :

– Bon, ça suffit maintenant, j'ai des soins à lui faire !

Voix de Béru :

– Holà, la mégère ! Si t'as du temps lib' entre deux subclaquants, r'garde la télé, c'soir, et tu verras à qui que t'as causé !

22

– Bérurier président ? –

Quatrième étape

Pourtant rodée à mener habilement les débats politiques à la télé, Arlette Chameau perd ses deux bosses face à un candidat aussi incontrôlable. En routière, elle a orchestré des joutes entre Marchais et Giscard, Giscard et Mitterrand, Mitterrand et Giscard, Chirac et Mitterrand, Le Pen et Tapie, et maîtrisé bien d'autres affrontements. Là, elle craque :

– Enfin, voyons, Monsieur Bérurier, vous qui représentez désormais le Parti pour la Justice, vous situez-vous à gauche ou à droite ?

– Je suis à votre droite, M'dame, mais j'suis à la gauche d'mon voisin ! Regardez vos chaussures, y en a une à droite, une à gauche, et elles avancent quand même ! Moi, je fonctionne pareil. Y faut les deux pour que ça marche !

– Bien… Je cède la parole à Madame Eva Poret qui souhaite vous poser une question sur le nucléaire.

La duègne aux lunettes vertes se fend de son accent tonique :

– Mézier Bérurier, gué gomtez-vous vaire des zentrales adomiques ?

– Bonne question, M'ame Poret. Quand j'étais moujingue, ma mère m'disait toujours qu'le temps était détraqué à cause d'la bombe atomique. Même si elle passait son temps au cul des vaches pour la traite du matin et du soir, elle avait pas tort, ma vioque. Mais je sais aujourd'huize qu'le pet des bœufs nous dégueulasse aussi la couche à Ozone. N'alors, j'pense qu'y faut ménager la chèvre et l'chou. On laisse louffer l'bétail, ce qui est z'humain, j'en sais quèque chose, mais on réduit la part d'l'ennucléair !

– Exzellente iniziative, mais gomment férez-vous ?

– C'est pas sourcier ! En France, on manque pas d'bras, ni d'jambes non plus ! Sufisse que ceux qu'ont pas d'boulot soyent payés pour pédaler sur les éroliennes, on pourra faire l'courant à pas cher !

Marine Le Borgne réagit aussi sec :

– Votre idée n'est pas saugrenue, Monsieur... heu... Bérurier, un nom qui sonne bien français, ce qui déjà vous honore. Pourtant, dans cette démarche dynamique, entendez-vous avoir recours à la main-d'œuvre étrangère ?

Don Béru réfute :

– Pas question ! Y aura plus un seul étranger en France, si j'sus élisé !

La grande blonde au bandeau noir s'insurge :

– Seriez-vous en train de me voler mes idées ?

– Pas du tout, chère M'ame Leborgne. C'que je veux dire, c'est qu'si on naturalise tous les étrangers, y aura pus un seul étranger en France. Et là, on pourra s'activer tous en chœur et pédaler dans le même sens !

Bajoues nouvellement efflanquées, pommettes dérubisées, mais toujours le même sourire malin à la lippe, François Batave s'immisce :

– Monsieur Bérurier, vos propos ne manquent pas d'une certaine candeur, voire d'une naïveté qui percent sous l'humaniste, de bon aloi, certes, mais quelque peu empreint d'inexpérience. Nous aimerions cependant savoir quel est véritablement votre projet pour la France.

Béru s'engorge une lichée de sa Volvic privative, esquisse et réprime un rot bien pommé avant de répliquer :

– V'là la question qu'y fallait pas m'poser, M'sieur Batave. Pour êt' franc du collier, si j'serais pas candidat, je vot'rais pour vous. Même si quèques enfoirés vous traitent de couille molle, j'pense qu'vous vaudez mieux qu'ça. Cependance, j'vous ping-pongue la question : c'est quoi, votre pogrome à vous ? Faire comme les autres en moins pire ! N'alors que moi, j'ai un slogan qui va remuer tout l'pays : On s'retrousse les manches et on s'active ensemb' !

François Lebègue intervient à propos :

– Monsieur Bé-bérurier, nous avons, au centre, des idées simimilaires et je ne vois pa-pas pourquoi nous ne pou-pourrions pa-pas nous rejoindre…

– Moi je sais, tranche Alexandre. Parce qu'j'ai fait un peu d'maths en cours réglementaire. On m'a appris à m'servir d'un compas. Quand on pose la pointe sur la feuille, c'est là qu'est le centre, et tout c'qu'on trace autour a'ec le crayon, c'est plus du centre, c'est ailleurs. C'est ça que faudrait que vous réfléchiassiez !

Sûr de son fait, le bel et grisonnant de Pissevin prend la parole à son tour :

– Cher Monsieur Bérurier, la France entière est témoin de votre inculture, pour ne pas dire pire. Imaginons, dans un cauchemar, que vous soyez élu. Quelle image de notre pays pourriez-vous donner, tant votre dénuement intellectuel est apparent ? Seriez-vous, par exemple, capable de nous nommer la capitale du Costa-Rica ?

Sans frime, Bérurier admet son incurie :

– Ah ça, non ! Et je m'en tape ! Et tous vos érecteurs s'en foutent, de ces pays où ce que vous passez vos vacances et où vous planquez vot'pognon ! Mais vous, M'sieur Brushing, sacheriez-vous me dire le prix d'un ticket d'bus t+ et l'temps qu'on peut l'utiliser ? Évidemment non ! Moi, je peux : au jour d'aujourd'hui, le billet coûte 1,70 euro et on peut s'en servir pendant une heure trente, mais pas sur la même ligne en continuité. Alors, circulez dans vos limousines avec chauffeur ! V'z'avez rien à voir a'ec la France des Français !

Livre cinquième

Deux jours plus tard

23

– Solution contrepet 9 –

snoiprom sed sèrp setnel sed ervuocéd no
,eugnal al à ,noc uA

Faudra bien que tu t'y fasses : un jour ou l'autre, ton Santantonio passera l'arme à gauche. Ça te surviendra à l'improviste, au détour d'une manchette de baveux ou par la voix d'un reporter radio qui, malgré ses trémolos vocaux, ne se souviendra plus guère de moi.

Mais, rassure-toi, c'est pas pour aujourd'hui. Même si j'entre dans mon burlingue d'une démarche vacillante, j'ai plutôt bien récupéré de mon coup de lardoir.

Toinet est seul à m'accueillir. Il veut se jeter dans mes bras, je calme ses ardeurs :

– Attention, Fils, attention ! Je suis encore fragile du dossard.

Il me manipule avec précaution, me couvre de bisouilles.

– Quel bonheur, P'pa, de te revoir sur tes deux pattes !

– Et moi de t'apercevoir autrement que depuis la position horizontale... Où est passée l'équipe ?

– Béru ? On ne le voit plus ! Il est happé par les médias. Tu sais que la Sofres, Ipsos et consorts le créditent de 29 à 31 % au premier tour, loin devant le PS, le Président sortant et tous les autres. Il recueillerait même 58 % d'intentions de vote au second...

– On vit vraiment une époque formidable ! Et Amélie ?

– Elle attend des résultats ADN pour te les communiquer sous peu. Quant à Jérémie, il est allé cueillir Léo Fouarasse. Simple convocation comme témoin assisté, mais je pense que tu auras assez de grain à moudre pour le placer en garde à vue.

– Précise !

– L'accusation tient en quelques points. D'abord, il a récupéré le dossier

Cervyl accablant Landoff. Même si ce n'est pas encore prouvé, ce sera facile à démontrer.

– D'accord, concédé-je. Ensuite ?

– Cela prouve déjà qu'il avait toutes les raisons d'éliminer son patron pour que celui-ci ne sache jamais qu'il l'avait court-circuité auprès de Mustapha.

– Petite faille : pourquoi zigouiller quelqu'un quand on a barre sur lui ?

– J'y ai réfléchi. Son but était d'être candidat à la place de Landoff. Imagine que, contrairement à mon hypothèse précédente, il ait fait savoir à son patron qu'il était en possession du document. Gilbert l'envoie bouler. Pour obtenir le retrait de Landoff, il va devoir produire le dossier. Donc déconsidérer son parti, peut-être même certains de ses alliés indispensables, et donc aller au-devant d'un échec cuisant.

– Admettons. Dans ce cas, pourquoi s'en serait-il pris aussi à Richelieuse ?

– Pour faire diversion. Il connaît l'existence de cette fille naturelle. Il se dit qu'en l'attaquant, il détourne les soupçons de son véritable objectif. Il veut nous faire croire à la vengeance d'un parent d'une des victimes du Prédator.

Tu me sais suffisamment hargneux pour ne pas larguer un os quand il y a encore un filament de bidoche à ronger dessus.

– Cet argument n'est pas probant. Si Léo, pour des motifs électoraux, ne souhaite pas qu'on découvre l'implication de son boss dans l'affaire Cervyl, il est illogique qu'il raisonne ainsi.

– C'est pas faux ! concède Antoine.

J'aurais préféré qu'il me dise que c'est vrai, mais je ne le décourage pas pour autant :

– Poursuis ton raisonnement, l'incité-je.

– Bon, ben... Il se trompe de cible en poignardant José Paldyre. Peu après, en toute confiance, Gilbert l'appelle à la rescousse. Ils décident de se retrouver à la permanence en fin de nuit, et là, Léo se rattrape en flinguant et la fille et le père.

– Tu sens bien que ça claudique, fiston, non ? objecté-je.

– Oui, oui... Je suis pas borné. Mais avec une petite cale, souvent, on remet les meubles d'aplomb. Cette cale me fait défaut pour l'instant...

– Continue.

– Léo a la puce à l'oreille : la preuve en est qu'il n'est pas allé au rendez-vous d'Alycia et qu'il n'a plus essayé de la recontacter depuis. Il a en revanche décidé de nous embringuer sur une nouvelle fausse piste, celle de Culochon.

– Ça, je prends. Je suis également persuadé qu'il s'agit d'une embrouille.

– L'idée est futée : nous lancer sur les traces d'un *serial killer* en début de course alors que l'affaire tourne uniquement autour de Landoff. Léo engage un type…

– Le Black du Keur Samba, enchaîné-je. Sa mission consiste à vérifier que nous sommes tombés dans le panneau en suivant la seconde femme de Culochon, et non pas la première. Là encore, je prends. Autres arguments à charge contre Fouarasse ?

– Il a été contrôlé par la BAC du seizième, peu de temps après ton agression. Si tu veux mon avis, il arrivait pour buter la mémère quand il t'a vu descendre. Il n'a eu que le temps de se jeter derrière la conduite de gaz pour t'attaquer par surprise.

– Si le tueur a renoncé à son projet visant madame Culochon, c'est qu'il m'avait entendu dans l'escalier appeler une patrouille de renfort. Comment circulait-il, Fouarasse, à vélo ?

– Non, en voiture. Mais on sait qu'il roule fréquemment à bicyclette. C'est très tendance, chez les politiques. Manière puérile d'amadouer les écolos.

Je tique et du tac au tac rétorque :

– C'est Pinuche qui vous a dit qu'il possèdait un vélo ?

Antoine se trouble, se râcle les sinus.

– Oui. Justement, on est inquiets à son propos. Il y a deux jours qu'il a disparu ! Il avait perdu Fouarasse dans sa filature. Il a demandé au gardien Moudulaar de rentrer chez lui et de lui confier le véhicule. Le jeunot n'a pas osé se rebiffer, vu les lauriers de César. Aucune nouvelle depuis. Même si son Alzheimer est en rémission, je me demande s'il est encore capable de conduire.

– Il n'a pas tenu un volant depuis sa dernière Juva 4…

L'intrusion d'Amélie dissipe un temps mon tracas pinulcien. Elle, au moins, je suis sûr qu'elle ne va pas se jeter dans mes bras. Elle se contente d'un sourire crispé et d'une formule de politesse :

– Heureuse de vous retrouver, patron-papa ! En revanche, je n'ai pas une bonne nouvelle : l'Africain dont on a analysé les cheveux n'est pas fiché. On a quand même pu déterminer qu'il appartiendrait à une ethnie spécifique : les Haoussas.

– Représentée en majeure partie au Niger.

– Exact ! Comment le savez-vous ? se renfrogne-t-elle.

Encore une croix noire à tracer sur le cahier de ses doléances.

– Je ne le sais pas, je l'envisage. Le poignard fiché dans mon holster provenait de la même région : je me contente de déduire. Même si le motard n'est sans doute pas celui qui m'a planté, ils ont obligatoirement à voir l'un avec l'autre.

Je la laisse digérer son amertume, le temps pour Jérémie de faire irruption. Il évase grand large ses pattes de primate :

– San-A ! Quelle joie de te retrouver parmi nous !

– Ne m'étreins surtout pas !

Le commissaire Blanc m'accorde une franche paluchade.

– Je viens d'amener Fouarasse dans la salle des tortures. Il est à ta disposition.

– Parfait. Tu vas le cuisinier jusqu'à ce qu'il nous restitue le dossier Cervyl. Et tu le détruis aussitôt. Si des instances que j'ignore ont jugé bon de faire buter Mustapha, c'est bien que ces documents dérangent. Notre boulot, ne m'en déplaise, consiste aussi à obéir à M'sieur Haut-Lieu.

Le bouille de Jérémie se froisse, à en ressembler à un boxer bringé.

– Je ne conteste pas la déontologie du métier ! Mais… le meutre des Landoff ?

– Oublie ! Léo n'y est pour rien.

Un léger toc toc retentit à la lourde ; seul un être délicat peut avoir frappé avant d'entrer ici :

– Entre, Pinaud ! jeté-je.

Le voilà bien notre vieillard adoré !

Il a recouvré sa dégaine des années d'antan. Fringues froissées, moustache mitée, œil battu gavé de chassie, tifs chenus et raréfiés plaqués de sueur sur son crâne oblong.

Il ignore les autres, vient se planter devant moi, se fend du salut militaire :

– Mission accomplie, mon petit ! jubile-t-il. J'ai même réussi à piloter le bolide de service. C'est fou, ces automobiles modernes, y a même plus besoin de faire le double débrayage !

Il se farfouille, sort un papier de ses poches.

– J'ai tout écrit, même si j'en ai plus besoin car je me souviens de tout, et même du reste. Bref, que je te résume : après avoir perdu Léo Fouarasse, je suis allé l'attendre devant chez lui. Je l'ai récupéré et ne l'ai plus lâché jusqu'à ce que Jérémie l'amène ici !

– Bravo !

Sur mon instance, l'équipe au complet l'applaudit. Il ne se laisse pas démonter par cette allégeance et reprend :

– Je vais à l'essentiel. Avant-hier matin, il s'est rendu rue de Saussure, à la permanence de son parti. Il s'est garé en face. J'ai fait de même. On a dû poireauter une bonne demi-heure. Puis il a vu Béru arriver et s'introduire dans les lieux. Alors il est reparti. Et j'ai refait de même.

– Voilà qui explique le lapin posé à Alycia ! constate Toinet. Mais, la veille au soir, il a été interpellé par une brigade, dans le seizième.

– En effet, cela figure sur mes notes. Il a été relâché tout de suite.

– Il ne s'était pas rendu auparavant rue de La Pérouse ? insiste mon fils.

– Jamais de la vie ! Il venait de passer une petite heure rue Hamelin. Je me suis renseigné auprès d'un voisin. C'est là qu'habite sa secrétaire. Il la saute trois fois par semaine. Trois fois par semaine, ça me fait marrer ! À son âge ! Moi, si je vous disais qu'il y a pas si longtemps, on avait une stagiaire… Lucette, Marinette… je sais plus trop… C'était pas trois fois par semaine que je l'honorais, mais trois fois par jour ! Geneviève-Marthe, mon épouse, n'en a jamais rien su, je vous prierai donc de rester discret là-dessus. Bon ! Si vous n'avez plus besoin de moi, faut que je me sauve : Béru m'a laissé un message à la réception. Je dois le rejoindre chez Alfred. J'ai pas trop compris, mais il paraît que je tiens le rôle du duc d'Édimbourg. Vous pensez bien que je vais d'abord me changer.

24

– Contrepet 10 –

Femme ou homme, quand ils sont grands, les antiquaires admettent qu'elles fouinent et qu'ils fouinent à chaque pas

Et la solution dans la foulée :
siof euqahc à tnenip sli'uq te tneniuog
selle'uq tnettemda seriauqitna sel
,scnarf tnos sil dnauq ,emmoh uo emmeF

Gaétane Landoff m'ouvre en personne. Je la devine davantage surprise que réjouie de ma venue. Elle décline pourtant son rôle de nympho bovaryenne :

– Commissaire, quelle belle surprise ! Vous venez pour un pardon mutuel ? Entrez...

– Merci, madame, nous serons bien ici pour deviser. En fait, je suis plutôt à la recherche de votre employée... Elle est nigérienne, n'est-ce pas ?

– Fati ? En effet. Quel dommage, elle vient juste de partir faire des courses. Mais nous pouvons l'attendre dans mon boudoir.

Au fond du couloir, je remarque une porte qui s'écarte lentement.

– Non, je voudrais juste recueillir quelques informations sur elle. Il y a longtemps qu'elle est à votre service ?

La veuve remballe sa libido et me répond d'un ton sec :

– Cinq ou six ans peut-être.

– Comment l'avez-vous connue ?

– Au Niger, bien sûr. À l'époque, mon mari était ministre des Armées. Je l'avais accompagné lors d'un voyage professionnel. Il était soumis à de multiples obligations et moi, on m'avait assigné la tâche des épouses en visite officielle : la revue des popotes, des hospices... À Niamey, j'ai découvert Fati. C'était un petit animal blessé. Sa famille d'éleveurs avait été massacrée par des agriculteurs qui ne supportaient pas que leurs bêtes viennent brouter leurs sorgho en herbe. J'ai été émue par elle et je me suis arrangée pour qu'elle vienne vivre chez nous. Ne croyez pas qu'il s'agisse d'une esclave...

– Je ne prétends rien de tel...

Gaétane s'enrogne :

– Elle est à notre service, je suis d'accord, mais elle est accueillie comme notre amie, notre fille... On mange souvent avec elle. Et je dépose tous les mois deux cents euros sur un compte pour qu'elle puisse retourner un jour dans son pays !

– Vous êtes une femme de cœur, cette fille doit vous être dévouée corps et âme.

– Je ne sais pas, mais, en tout cas, elle me respecte et je la respecte aussi.

– J'aimerais quand même bien la rencontrer, votre Fati.

– Pourquoi ? Parce qu'elle est jeune et jolie ? Elle vous a tapé dans l'œil ?

Je me caresse le flanc gauche :

– Pas seulement dans l'œil. Savez-vous si elle possède un vélo ?

– Un vélo ! Je n'en ai aucune idée. Pourquoi ?

Au fond du couloir, je remarque la même porte qui se referme lentement.

– Vous devez posséder une cave, dans un immeuble aussi luxueux !

– Évidemment, mais quel…

– Donnez-m'en la clé.

218, deuxième sous-sol.

Mes pas résonnent sur le béton lissé. Je me heurte à plusieurs portes anti-feu, finis par me retrouver devant la cave concernée. La clé coulisse aimablement. Un bouton sur la gauche donne la lumière. Hormis deux-trois valises du genre Vuitton en désamour, je repère le VTT suspendu à un crochet. À un clou, pendouillent une tenue de jogging et une cagoule.

Je n'ai plus qu'à attendre.

Au loin, je perçois une brève cavalcade, quelques criailleries, puis un pas, un pas tranquille résonne à nouveau sur le béton, et se dirige vers moi.

Amélie s'encadre, sourire aussi lissé que le béton :

– Vous aviez raison, P'pa, une fois de plus. Jérémie et Toinet viennent de maîtriser Fati. Elle s'apprêtait à vous flinguer avec l'arme qui a abattu Landoff et Richelieuse.

25

– Bérurier président ? –

Dernière étape ? Pas sûr…

L'inspecteur honoraire Pinaud nage dans son costard de mariage. Au fil des ans et des flots de muscadet, la Vieillasse aurait pu se choper une barrique de comptoir, à l'instar de Béru. Mais il donne dans la dessiccation plutôt que dans l'imbibition…

Non, non, rassure-toi, je ne vais pas te resservir le premier chapitre ! Le papier coûte bonbon, par les temps qui courent. Relis-le, si tu as les méninges qui donnent de la gite. Souviens-toi : la scène se déroulait dans le salon de coiffure d'Alfred, lieu promu Cour d'Angleterre pour la circonstance ; Béru était sapé en Président de la Raie Pudique, et Berthe s'entraînait à la révérence royale.

C'est bon, ça te revient ? Vers la fin du chapitre, ça disait :

– *Je te permets pas ce genre d'allusions !*

– *Je me permets les alluvions qu'je veux !*

– *Tu te prends déjà pour le président de la République ?*

– *Pour un inspecteur principal, simplement !*

– *Ça tombe bien : j'ai besoin d'un flic, pas d'un candidat aux présidentielles ! lance depuis l'entrée une voix que je connais bien, puisqu'il s'agit de la mienne.*

– *Tonio ! Je t'ai pas entendu arriver. Y a un problème ?*

– Et un sérieux, oui ! Je viens d'arrêter Gaétane Landoff !

– Oh, merde ! À cause de quoi t'est-ce ?

– Pour avoir commandité les meurtres de son mari et de Richelieuse ! Elle venait de découvrir que Gilbert allait léguer la plus grosse partie de sa fortune à sa fille naturelle.

– Oh, merde ! redouble la Gonfle.

– Sans oublier l'assassinat malencontreux de Josée Paldyre, et la tentative d'homicide sur ma propre personne.

– Oh, merde ! retriple le Gravos.

– Alors, il est urgent que tu retires ta candidature.

Le Mastard bombe le torse, lisse son plastron agrémenté du grand collier de la Légion d'honneur.

– Oui, mais bon… tergiverse-t-il. Tout ça mérite réflexion.

FIN

Table

AUX MÊMES ÉDITIONS

De Patrice DARD

(Les Nouvelles Aventures de San-Antonio)

Corrida pour une vache folle, roman, 2002.
Les Contrepets de San-Antonio, 2002.
Un pompier nommé Béru, roman, 2002.
Les escargots ne savent plus baver, roman, 2003.
Ça se Corse !, roman, 2003.
Le Silence des anneaux, roman, 2004.
San-Antonio tient le bambou, roman, 2004.
San-Antonio priez pour nous !, roman, 2005.
Ze San-Antonio Code, roman, 2005.
San-Antonio Shocking !, roman, 2006.
San-Antonio contre San-Antonio, roman, 2006.
Vingt Mille Nœuds sous les mers, roman, 2006.
San-Antonio s'envoie en l'air, roman, 2007.
Culbutes dans le calbute, roman, 2007.
Macchab Academy, roman, 2007.
Rencontres d'un très sale type, roman, 2008.
Arrête ton char, Béru !, roman, 2008.
San-Antonio comme à confesse, roman, 2008.
Des vertes et des pas mûres, roman, 2009.
Lâche-nous les bandelettes, roman, 2009.
Ça sent le sapin roman, 2010.
Deux p'tites tours et puis s'en vont, roman, 2011.
Comme sur des roulettes, roman, 2011.

De Frédéric DARD
(romans de jeunesse)

La Peuchère, nouvelle, Lyon, 1938 ; Paris, 2002.
Monsieur Joos, roman, suivi de
La Plaque tournante et *Vie à louer,* nouvelles,
Lyon, 1941 ; Paris, 2002.
Le Norvégien manchot, roman, Lyon, 1943 : Paris, 2002.
Croquelune, roman, Lyon, 1944 ; Paris, 2002.
Les Pèlerins de l'Enfer, roman, Lyon, 1945 ; Paris, 2002.
Au massacre mondain, roman, Lyon, 1948 ;
Paris, 2002.
Saint-Gengoul, roman, Lyon, 1945 ; Paris, 2002.
Équipe de l'ombre, roman, Lyon, 1941 ; Paris, 2003.
Georges et la dame seule, roman, Gap, 1944 ;
Paris, 2003.
La Mort des autres, nouvelles, Lyon, 1945 ; Paris, 2003.
Le Tueur en pantoufles, roman, Paris, 1951 ; Paris, 2003.
Le Cirque Grancher, souvenirs, Lyon, 1947 ; Paris, 2004.
Batailles sur la route, roman, Saint-Étienne,
1949 ; Paris, 2004.
Anna Soleil, roman, Lyon, 1954 ; Paris, 2004.
Le Mystère du cube blanc, roman, Éditions de Savoie,
1945 ; Paris, 2005.
La Mort silencieuse !, roman, Éditions de Savoie,
1945 ; Paris, 2005.
La Main morte, roman, Éditions Jacquier, 1953 ;
Paris, 2005.
Vengeance !, roman, Éditions Jacquier, 1953 ; Paris, 2005.
On demande un cadavre, roman, Éditions Jacquier,
1951 ; Paris, 2006.
Vingt-Huit Minutes d'angoisse, roman, Éditions
Jacquier, 1951 ; Paris, 2006.
La Grande Friture, roman, Éditions Jacquier, 1954 ;
Paris, 2006.
Monsieur 34, roman, Éditions Jacquier, 1951 ;
Paris, 2007.

Photocomposition Nord Compo
Villeneuve-d'Ascq

Achevé d'imprimer en février 2012 en France sur Presse Offset par
Maury-Imprimeur - 45330 Malesherbes
N° d'imprimeur : 170971
36-33-3214-8/01
Dépôt légal : février 2012
Imprimé en France

Pour l'éditeur, le principe est d'utiliser des papiers composés de fibres naturelles, renouvelables, recyclables et fabriquées à partir de bois issu de forêts qui adoptent un système d'aménagement durable.
En outre, l'éditeur attend de ses fournisseurs de papier qu'ils s'inscrivent dans une démarche de certification environnementale reconnue.